VIRADO DO AVESSO

Um romance histórico-teológico sobre a vida do apóstolo Paulo

Rogério Greco

VIRADO DO AVESSO

Um romance histórico-teológico
sobre a vida do apóstolo Paulo

2ª edição

Niterói, RJ
2011

© 2011, Nah Gash Editora Ltda.

Nah Gash Editora
Rua Alexandre Moura, 51 – Parte – Gragoatá – Niterói – RJ
CEP: 24210-200

EDITORAÇÃO ELETRÔNICA: Editora Impetus Ltda.
CAPA: Wilson Cotrim
REVISÃO DE PORTUGUÊS: Tucha
IMPRESSÃO E ENCADERNAÇÃO: Editora Vozes Ltda.

G829v
    Greco, Rogério.
    Virado do avesso: Um romance histórico-teológico sobre a vida do apóstolo Paulo / Rogério Greco. 2ª ed. – Niterói, RJ: Nah Gash, 2011.
    180 p.; 14 x 21 cm.

    ISBN: 978-85-99788-05-9

    1. Paulo, Apóstolo, Santo – Ficção 2. Ficção brasileira. I. Título.
                                                                  CDD-B 869.3

TODOS OS DIREITOS RESERVADOS – É proibida a reprodução, salvo pequenos trechos, mencionando-se a fonte. A violação dos direitos autorais (Lei nº 9.610/98) é crime (art. 184 do Código Penal). Depósito legal na Biblioteca Nacional, conforme Decreto nº 1.825, de 20/12/1907.

O autor é seu professor; respeite-o: não faça cópia ilegal.

A **Editora Impetus** informa que se responsabiliza pelos defeitos gráficos da obra. Quaisquer vícios do produto concernentes aos conceitos doutrinários, às concepções ideológicas, às referências e à atualização da obra são de total responsabilidade do autor/atualizador.

Dedicatória

Ao motivo de toda essa história: Jesus Cristo.

Fale diretamente com o autor:
rogerio.greco@terra.com.br
www.rogeriogreco.com.br

Prefácio

Ele era um homem de pequena estatura, parcialmente calvo, pernas arqueadas, de compleição robusta, olhos próximos um do outro, e nariz um tanto curvo. Assim diz o escrito apócrifo do segundo século, Atos de Paulo.

É possível descrever a aparência física do extraordinário apóstolo Paulo, mas aventurar-se a revelar seu interior, o que sentia, o que ensinava, bem como sua vida, seria impossível.

Fariseu de excelente formação, dizia que, diante da revelação que recebera, considerava tudo como esterco.

Do coração do apóstolo transformado em cartas, temos o testemunho da paixão, da convicção e do poder de sua lógica.

Só alguém que tivesse recebido a mesma revelação que o grande homem de Deus recebeu seria possível compreender e escrever sobre ele.

O autor, ao descortinar tão grande vida, sabe o que está relatando. É como se ele mesmo pudesse viver os personagens, tanto um como o outro.

Sim, parece ser possível, por intermédio das tão abençoadas páginas deste livro, entender perfeitamente os pensamentos, as emoções e as perguntas eternas.

Aquele a quem Paulo tanto amou, a ponto de dar a própria vida para fazê-lo conhecido e lhe apareceu mais brilhante que o Sol na sua força, tem também se revelado a muitos outros Paulos e Rogérios.

Hoje, Rogério Greco escreve sobre Saulo, Paulo de Tarso, sabendo exatamente o que se passava no coração daquele grande homem, sabendo que ele também conheceu Aquele que transformou a vida do pequeno grande homem.

Amanhã, outros também escreverão sobre Aquele que, sendo Deus, se fez homem e a si mesmo se entregou para ser crucificado por nossos pecados, mas que ao terceiro dia ressuscitou para se manifestar a todos que invocam o nome dele – Jesus.

Pastor Cláudio Campi

Apresentação

Quando pensamos que já se escreveu tudo a respeito do Apóstolo Paulo, deparamos com uma nova leitura num modelo singular.

O real e a ficção se mesclam de forma tão suave e natural que, embevecidos na trama, quase não conseguimos discernir o verdadeiro do imaginário.

Você está convidado a vivenciar o nascimento, a vida e a morte do Apóstolo. Presenciar-lhe o crescimento, a formação, as experiências, ouvi-lo discursando e saber o que ele sentiu em cada situação por meio de suas confidências pessoais.

Comece agora a viajar pelas páginas da vida desse homem de Deus do qual o autor de coloca como amigo íntimo e inseparável.

Deixe sua mente vagar pelas letras e delicie-se com esta ficção cujo propósito final é reforçar o conhecimento daquele que foi crucificado, morto, sepultado e ressuscitou para nos receber no lar eterno.

Rosângela B. Lima
Psicopedagoga

Capítulo I

Era ainda madrugada de domingo quando as contrações começaram. Fazia um frio característico do inverno em Tarso, na Cilícia. Poucas horas mais tarde, com a ajuda de uma parteira, nascia uma criança cujo choro meus pais conseguiam escutar de nossa casa.

Alguns metros adiante, quase no mesmo instante, minha mãe também dava início às manobras de parto. Por volta do meio-dia, meu pai estava comigo nos braços, festejando meu nascimento. Levantava-me aos céus, agradecendo a Deus pela minha chegada.

Nossas famílias, muito amigas, comemoraram juntas nosso nascimento, de acordo com a tradição judaica, principalmente pelo fato de sermos os primogênitos. A primogenitura trazia consigo direitos, mas, e principalmente, deveres maiores que os atribuídos aos demais irmãos. O primogênito, de acordo com nossa Lei, era o filho consagrado a Deus, conforme consta do livro de Êxodo 13:1-2, quando o Senhor disse a Moisés: "Consagra-me todo primogênito; todo que abre a madre de sua mãe entre os filhos de Israel, tanto de homens como de animais, é meu".

Assim, a felicidade pelo nascimento do primogênito era grande.

Após oito dias, fomos circuncidados em uma mesma cerimônia religiosa, chamada *Brit Milá*. A circuncisão, que havia sido determinada por Deus a

Abraão, consistia em cortar a pele, chamada prepúcio, que cobre a glande do órgão sexual masculino. Com ela, demonstrávamos a aceitação da nossa aliança com Deus. Nessa cerimônia, os pais escolhiam os nomes dos filhos. Logo após ter cortado o prepúcio, meu pai, apresentando-me a todos, dizia: *Baruch, Baruch*.

Da mesma forma, logo após sua circuncisão, Saulo foi apresentado por seus pais. Seu nome foi dado em homenagem ao rei Saul, uma vez que os pais de Saulo pertenciam à tribo de Benjamim, a menor das doze tribos de Israel.

Saulo e eu, portanto, crescemos juntos. Desde meninos, nossa amizade causava inveja às demais pessoas. Não havia uma briga, em que eu estivesse envolvido, que não contasse com a ajuda de Saulo. Éramos, na verdade, como irmãos.

Nossas famílias, da mesma forma, eram muito unidas, principalmente porque morávamos longe de nossos irmãos judeus que residiam em Jerusalém, a cidade Santa, a cidade de Davi, o grande rei. Isso fazia com que participássemos ativamente da vida de todos os que estavam ao nosso redor.

A mãe de Saulo tinha uma habilidade incrível para cozinhar. Ninguém fazia doces como ela. As crianças de nossa aldeia sentiam de longe o cheiro do doce fervendo no forno a lenha. Faziam fila na porta da casa de Saulo para se deliciarem com todas aquelas maravilhas. É claro que a melhor parte era sempre separada para nós. O *charosset* era um de nossos preferidos. Era um doce tradicionalmente consumido na Páscoa *(Pessach)*, feito com frutas secas e/ou frutas amassadas ou picadas, vinho, canela e cravo. Eu considerava a mãe de Saulo como minha segunda mãe.

Seu pai era um famoso fazedor de tendas. Naquela época, sua habilidade em tecer as tendas com um material chamado *cilicium,* feito com fios de pelos de cabra, fez com que o pai de Paulo se tornasse um dos principais fornecedores do exército do Império Romano. Suas tendas eram tão impermeáveis que, por pior que fosse a tempestade, as águas não conseguiam romper os fios entrelaçados. O serviço prestado pelo pai de Saulo era tão perfeito que ele acabou ganhando a simpatia de vários comandantes do Império Romano. Isso lhe rendeu o maior de todos os prêmios daquela época, uma honra que poucos conseguiam conquistar, dado seu alto preço: a cidadania romana.

Como cidadão romano, a pessoa possuía uma série de privilégios, tais como o acesso a cargos públicos, a possibilidade de participar das assembleias políticas da cidade de Roma, vantagens de natureza fiscal e, o que era o mais importante, a de se submeter aos julgamentos, mediante todas as garantias atribuídas pelo Direito Romano.

A partir do instante em que o pai de Saulo foi agraciado com a cidadania romana, sendo, portanto, considerado romano naturalizado, todos os seus filhos passaram a ter esse mesmo direito.

Saulo, por sua vez, desde menino, aprendera o ofício com seu pai e, tempos mais tarde, foi o sucessor dele no negócio de tendas.

À medida que o tempo passava, tornávamo-nos mais amigos, se é que isso era possível. Tínhamos uma confiança inabalável um no outro.

Aos 13 anos de idade chegava o nosso grande momento. Estávamos virando uma página importante em nossa vida. Deixávamos, a partir daquele marco, de nos sentar junto com as mulheres e demais crianças na parte de trás da sinagoga, para ocupar um lugar junto com os demais homens de nossa comunidade. Para tanto, havia um ritual utilizado para marcar essa passagem, essa mudança de *status*, chamado *B'nai Mitzvah*. Era uma cerimônia que inseria o jovem judeu como membro maduro da sociedade judaica. O menino passava a ser *Bar Mitzvá* (filho do mandamento) e a menina, *Bat Mitzvá* (filha do mandamento). Pela primeira vez, tínhamos de fazer a leitura pública da *Torá*, a Lei de Moisés, composta por cinco livros: Gênesis, Êxodo, Levítico, Números e Deuteronômio. A partir desse momento, poderíamos integrar o *miniam*, o *quorum* mínimo de dez homens adultos para realizar determinadas cerimônias judaicas.

Embora falássemos o hebraico e o aramaico, mesmo sob a forte influência do Império Romano, o grego era a língua fluente, comum a todos. A *Torá* foi traduzida para a língua grega, tendo recebido o nome de *Septuaginta*. Essa tradução havia sido determinada por Ptolomeu II, rei do Egito, para ilustrar a Biblioteca de Alexandria. Também ficou conhecida como *Setenta*, pelo fato de ter sido realizada por 70 rabinos que, segundo conta a tradição, teriam terminado o trabalho em 72 dias.

Saulo e eu pertencíamos à comunidade dos fariseus. A palavra fariseu deriva da raiz hebraica *parash* e do grego *farisaioi*, e significa *separado, afastado*. Éramos reconhecidos pelo zelo com que estudávamos a *Torá* e também, não podemos negar, pela oposição que fazíamos a um grupo rival ao nosso chamado saduceus. Os fariseus se diferenciavam dos saduceus em alguns importantes aspectos. Enquanto nos dedicávamos ao estudo da *Torá*, os saduceus tinham pouco interesse pela religião, além de repudiarem nossas tradições; também não acreditavam em anjos, e tampouco na ressurreição de mortos. Essas divergências despertavam séria animosidade entre nós.

Havia também, na nossa comunidade judaica, os essênios e os zelotes. Os essênios se caracterizavam, principalmente, por serem um grupo que vivia isolado dos demais, habitando no deserto. Além de se vestirem, sempre, de branco, a comida deles era submetida a uma rígida regra de purificação. Os zelotes eram verdadeiros revolucionários e, por não se conformarem com o jugo dos romanos, viviam tramando a derrubada do Império.

Logo se percebeu que Saulo era diferente. Havia nele um amor profundo pelas coisas de Deus. Tudo o que dizia respeito a Deus lhe interessava. Estudava a *Torá* com uma avidez incomum. Seu prazer era estar na sinagoga, aos sábados, fazendo a leitura dos profetas. Sua atenção era maior ainda quando lhe contavam sobre a biografia de alguns deles, principalmente sobre o martírio que sofreram pelo amor que mantinham pelo Deus Único, *Yahweh*, criador dos céus e da terra. Contavam-lhe que o profeta Isaías, por exemplo, havia morrido serrado ao meio, por ordem de Manassés, um dos piores reis de Judá. Isaías foi aquele que predisse a vinda do Salvador dos judeus, bem como o martírio que sofreria. Como, se perguntava Saulo, podia alguém ter a coragem de tocar em um profeta de Deus? Como fizeram isso com Isaías?

Sua curiosidade em conhecer a Palavra de Deus fez com que seu pai, percebendo esse dom, o levasse a estudar com o grande Gamaliel, na cidade de Jerusalém. Gamaliel era membro do Sinédrio judeu, fariseu e instrutor da lei. Era um dos rabinos mais respeitados e conceituados nessa cidade. Sua inteligência, seu profundo conhecimento das Escrituras, além de suas ponderadas interpretações, fizeram-no conhecido de todos os judeus, que nutriam por ele um profundo sentimento de respeito e orgulho.

Saulo, portanto, passaria muitos anos de sua vida estudando aos pés de Gamaliel, procurando conhecer a fundo a Palavra do Deus vivo, aprendendo a interpretar as Sagradas Escrituras.

Esse foi um momento em nossa vida que começamos a traçar rumos diferentes. Enquanto Saulo procurava aperfeiçoar seus estudos com Gamaliel, eu desejava pertencer à guarda do Templo.

Eu tinha uma profunda atração pelas armas. Observava como os guardas passavam horas treinando, atirando flechas, dardos, lutando com espadas, enfim, eram eles que, se fosse preciso, seriam os responsáveis pela defesa de nossa gente. Obviamente que não podíamos nos comparar aos guardas romanos, pertencentes a um dos maiores impérios que o mundo conheceu. Os romanos eram especialistas na arte da guerra. Suas táticas, suas estratégias, a força de seus homens, a habilidade no combate, tudo isso fazia com que os soldados romanos fossem temidos e respeitados por todos.

Capítulo II

Mesmo que com objetivos diferentes, estávamos juntos, agora, em Jerusalém. Não existe cidade no mundo como Jerusalém, a cidade do grande rei Davi. Suas construções são realmente incríveis, principalmente o templo e o palácio real construídos por Salomão, sem falar em suas belezas naturais, no Monte das Oliveiras, enfim, é uma cidade extraordinariamente linda.

Saulo havia iniciado seus estudos com Gamaliel. Havia uma rotina incansável, começando com as primeiras orações, um pouco antes do dia amanhecer, seguidas de um intenso trabalho de interpretação das Escrituras. Saulo tocava com temor nos rolos sagrados, pois sabia que ali se encontrava a Palavra de Deus. Seu talento natural era reconhecido pelos colegas de classe e, principalmente, pelo próprio Gamaliel, que já vislumbrava Saulo como um futuro Rabino, ou seja, um professor, um mestre da lei, aquele que possui autoridade para interpretar corretamente a *Torá*, a fim de transmiti-la aos demais membros de nossa comunidade judaica.

Embora também procurasse cumprir fielmente a *Torá*, minha vocação pelas armas fez com que eu optasse pela liberdade dos campos de treino, em vez de ficar horas a fio sentado diante dos textos sagrados, procurando compreendê-los e interpretá-los corretamente.

Gostava, principalmente, de lutar com espadas. Tinha um dom natural para me desviar dos golpes dos adversários e usar minha própria força para fazê-los sentir a lâmina do meu instrumento de guerra. Foram poucas as vezes em que saí ferido de algum treinamento. Nosso instrutor, comandante da guarda do Templo, preocupava-se tremendamente com nossa segurança. Todos lutávamos devidamente protegidos. No entanto, o calor do combate, mesmo sendo um simples treinamento, trazia suas consequências, muitas vezes graves.

Embora as feridas fossem constantes e fizessem parte do nosso ritual de crescimento com as armas, foram raras as vezes em que alguém foi morto. Lembro-me de uma ocasião em que um novato, por pura imaturidade, permitiu que seu golpe atingisse o pescoço do seu opositor que se encontrava agachado, desprevenido, colocando em ordem sua armadura. Isso nos chocou por muito tempo, pois, dia e noite, nos lembrávamos daquela cena, onde o sangue de um dos nossos tinha sido derramado. Aquela imagem fazia-nos acordar para nossa realidade, pois algum dia poderíamos lutar sem nossa proteção habitual, utilizada nos treinos, e nosso sangue, da mesma forma, poderia ser derramado.

Por outro lado, a presença da morte também nos estimulava a aperfeiçoar nossos treinamentos. Sabíamos que, durante uma batalha, estaria em jogo nossa habilidade contra nosso inimigo. Estaríamos ali lutando para sobreviver. Assim, venceria o melhor, e eu queria ser o melhor, pois o prêmio seria minha vida.

Como estávamos juntos em Jerusalém, procurávamos nos encontrar nas horas vagas. Saulo e eu tínhamos os mesmos gostos pelas comidas hebraicas. Ficávamos ali recordando os cordeiros assados no mel, o azeite que ajudávamos a extrair movendo a pedra do pesado moinho que havia em nossa aldeia, em Tarso, o *tcholent* ou *hamin*, que era um caldeirão de carne, legumes, feijão e outros ingredientes, que ficavam cozinhando em fogo baixo por, aproximadamente, doze horas. Certamente, a comida que nossas mães preparavam com todo o carinho era diferente daquela que comíamos em Jerusalém. No entanto, isso também fazia parte do nosso crescimento, pois deveríamos nos acostumar com qualquer tipo de situação.

Durante um de nossos encontros, estávamos sentados à mesa, nos lembrando de nossa infância em Tarso, quando ouvimos uma conversa sobre um novo Rabi que percorria aquelas regiões fazendo muitos milagres. Seu nome era Jesus. Ele era filho de um carpinteiro, de Nazaré, chamado José, cuja habilidade em fazer móveis era reconhecida por todos. Jesus, ao que parece, chegou, por um bom tempo, a auxiliar seu pai nos serviços de carpintaria. Agora, havia se transformado em um Rabi, com milagrosos poderes de cura.

Ao escutar sobre as curas que Jesus fazia, Saulo me perguntou:

– Você já ouviu falar desse Rabi?

– Não. É a primeira vez que ouço falar no nome dele.

– Algum tempo atrás, na sinagoga, logo após a leitura da Escrituras, Gamaliel havia mencionado o nome desse novo Rabi. No entanto, não sabia exatamente sobre o que conversava, pois que estava discutindo com o sumo sacerdote.

– De qualquer forma, Saulo, a todo momento surge em Jerusalém um novo Rabi, fazendo milagres que mais tarde descobre-se que nunca aconteceram. Todos estão à procura de fama e usam indevidamente o nome do nosso Deus.

– É verdade, Baruch. Espero que você, como futuro guarda do Templo, possa, de alguma forma, impedir esses embusteiros de enganar nosso povo.

– O Sinédrio procura tratar com dureza esses casos. Com certeza, se o nome de Deus for utilizado em vão, nossos líderes tomarão alguma providência.

– Espero que sim.

No dia seguinte à nossa conversa, continuamos a ouvir mais coisas sobre Jesus. Parecia que o nome dele estava se espalhando por Jerusalém. As pessoas diziam que Jesus era um Rabi diferente. Quando admoestava as pessoas, o fazia com doçura, com amor, ao contrário do que ocorria com a maioria dos demais rabis e sacerdotes, que repreendiam o povo apontando-lhe os erros na *Torá*. A passagem em que Jesus, logo após ensinar o povo na saída do Templo, com sabedoria, enfrentou os escribas e fariseus, que queriam testá-lo com a prisão de uma mulher que havia sido surpreendida em flagrante adultério, começou a se tornar conhecida em Jerusalém. Assim, trouxeram-na, amarrada, para o meio do povo, apresentando-a a Jesus, e, logo em seguida, foram dizendo: "Mestre, esta mulher foi apanhada em flagrante adultério. E na lei nos mandou Moisés que tais mulheres sejam apedrejadas; tu, pois, que dizes?" (João 8: 4-5.)

Na verdade, queriam os escribas e fariseus algum motivo para o acusarem, e Jesus, que se encontrava inclinado, escrevendo na terra com o dedo, sem olhar para eles, em resposta a àquela indagação, simplesmente respondeu-lhes: "Aquele que dentre vós estiver sem pecado seja o primeiro que lhe atire a pedra". (João 8: 7.)

Pelo que conta o testemunho do povo que a tudo presenciou, os escribas e fariseus, acusados pela própria consciência, foram se retirando daquele lugar, um por um, a começar pelos mais velhos até os últimos, ficando só Jesus e a mulher no meio onde estava. (Cf. João 8: 9.)

Ao ouvir essa história, Saulo, profundo conhecedor da lei de Moisés, perguntou-me:

– Se aquela mulher foi surpreendida em flagrante adultério, é sinal de que estava com um homem. Por que os escribas e os fariseus que a prenderam não trouxeram também aquele que se encontrava com ela? Não é isso que diz a lei de Moisés, ou seja, que ambos deviam morrer apedrejados?

– É verdade, Saulo. Acho que todos eles erraram em querer punir somente a mulher.

– Nós vivemos segundo a lei, e ela deverá ser aplicada integralmente. Não podemos abrir mão dos ensinamentos que nos foram dados por Deus por intermédio de Moisés.

– Eu sei, Saulo. Embora os escribas e os fariseus estivessem errados, esse novo Rabi não impediu a aplicação da lei; pelo contrário, o que ele disse, com clareza, foi para que aqueles que não tivessem pecado que cumprissem a lei, que determina que as testemunhas devem ser as primeiras a atirar pedras. O problema, ao que parece, é que todos estavam impuros, todos tinham pecado, e a consciência deles não permitira o início da execução.

– Com isso tenho de concordar.

– Vamos voltar. Já é tarde, e tenho de continuar os treinamentos até o anoitecer.

– Gamaliel também deve estar à minha espera, e ele não tolera atrasos.

Capítulo III

$\mathcal{A}$quela manhã em Jerusalém parecia diferente das demais. O dia estava sombrio, carregado. Havia algo pesado no ar. Logo que acordei, ainda em meu alojamento no campo de treinamento, comecei a escutar sussurros sobre a prisão de um Rabi. Logo me interessei pelo assunto e procurei saber sobre quem estavam falando. Descobri que Jesus havia sido preso, ainda durante a noite, submetido a julgamento pelo Sinédrio e, logo pela manhã, fora conduzido à presença do governador Pôncio Pilatos.

Ao que parece, a maioria dos membros do Sinédrio havia condenado Jesus por blasfêmia. Queriam, portanto, a morte dele. O Sinédrio era o grande Conselho dos Notáveis de Israel, composto por 71 membros anciãos, sacerdotes e escribas, e presido pelo sumo sacerdote. No entanto, o Sinédrio não tinha poderes para executar sua condenação, uma vez que, quando a Judeia passou a ser um província romana,[1] a administração judaica perdeu a possibilidade de executar a pena de morte,[2] salvo naqueles casos em que afetavam diretamente o Templo.

Era Páscoa *(Pessach)*, feriado judeu em que comemorávamos nossa saída do Egito. Deus nos havia retirado da escravidão, punindo severamente

---
[1] A partir de 6 d. C.
[2] BRUCE, F. F. *Paulo, o apóstolo da graça*, p. 62.

Faraó pela sua desobediência. Ao todo, foram dez as pragas que fizeram Faraó se render ao nosso Deus. No começo, ele parecia irredutível. No entanto, quando Deus ordenou ao anjo da morte que matasse todos os primogênitos, fosse de homem ou mesmo de animal, as coisas mudaram.

༺✦༻ ༺✦༻

Em pleno feriado da Páscoa, justamente enquanto todos os judeus comemoravam sua libertação do Egito, Jesus foi preso. Segundo os relatos oficiais, após comemorar a Páscoa com seus discípulos, Jesus, juntamente com eles, dirigiu-se ao Getsêmani para orar. Uma grande multidão saiu à sua captura. Muitos, armados com espadas e porretes, haviam sido enviados ali atendendo às ordens do sumo sacerdote e dos anciãos do povo. Em meio a essa multidão, encontrava-se, também, um dos doze que andavam com Jesus. Seu nome era Judas. Ele havia delatado o seu mestre por 30 moedas de prata.

Foi um momento de muita tensão. Todos os discípulos de Jesus, ao que parece, fugiram com medo de serem presos. Estranha essa atitude de quem, pouco tempo atrás, dizia que seu Mestre fazia milagres, chegando, até mesmo, a ressuscitar mortos, curar cegos, coxos, paralíticos. Isso demonstrava que Jesus era uma farsa. Fosse verdade tudo aquilo que diziam sobre ele, teria agido para evitar sua prisão. Contudo, permitiu ser preso, pacificamente, como se já estivesse aguardando por isso.

Embora estivesse sendo acusado de blasfêmia, era estranho pensar que, poucos dias antes, seu nome era falado com respeito, e as pessoas o tinham como um grande sábio. Sua entrada em Jerusalém, naqueles dias, foi triunfal. Multidões clamavam: "Hosana ao Filho de Davi! Bendito o que vem em nome do Senhor! Hosana nas maiores alturas"! As pessoas estendiam suas vestes pelo caminho que era percorrido por Jesus, espalhando-as pela estrada que seguia para Jerusalém. Que mudança brutal: ontem, o amavam; hoje, o odeiam a ponto de quererem matá-lo. O que estaria realmente acontecendo? O que teria feito Jesus para despertar um ódio tão grande dos sacerdotes e anciãos de nosso povo? Como Judas poderia tê-lo traído, após testemunhar tantos milagres? Era um mistério.

Algumas pessoas que assistiram à sua condução – incluindo o governador – afirmaram que até mesmo Pôncio Pilatos, cuja crueldade era conhecida em todo o Império Romano, sentiu-se sensibilizado com aquela prisão, pois, segundo suas leis, não havia vislumbrado qualquer crime praticado por Jesus. No entanto, cedeu ao clamor do povo quando, cumprindo uma tradição feita por ocasião da comemoração da Páscoa, libertou Barrabás que, durante uma rebelião, havia causado a morte de uma pessoa. Logo Barrabás! Por mais que também não tivesse muito apreço por Jesus, entre ele e Barrabás, não havia dúvida nessa escolha. Pilatos ainda tentou indagar a multidão sobre o que Jesus havia feito para despertar tamanho ódio. No entanto, em resposta, clamavam: "Seja crucificado! Seja crucificado"!

A pena de crucificação era uma das mais terríveis. Primeiramente, havia sido reservada para a morte de escravos. Era uma mistura de vergonha e tortura. Antes de ser crucificado, o condenado era flagelado e suas roupas, arrancadas. No ritual de flagelação era utilizado um chicote, feito com tiras de couro, sendo que, algumas vezes, eram afixados pedaços de prego ou mesmo ossos em suas extremidades, que cortavam a carne daquele que estava sendo açoitado. A agonia do crucificado podia prolongar-se por muitos dias. Passava por todas as sensações: frio, calor, dor, sede, fome, humilhação, tinha de urinar e defecar ali mesmo, até sua morte na cruz. A vítima morria, na verdade, por asfixia. O crucificado era pendurado de braços abertos, numa cruz de madeira, onde seus braços e suas pernas eram amarrados, ou mesmo, como aconteceu com Jesus, presos por cravos que lhe atravessavam os pulsos e os pés.

> Enquanto os braços se cansam, grandes ondas de cãibras percorrem seus músculos, causando intensa dor. Com estas cãibras, vem a dificuldade de empurrar-se para cima. Pendurado por seus braços, os músculos peitorais ficam paralisados, e os músculos intercostais incapazes de agir. O ar pode ser aspirado pelos pulmões, mas não pode ser expirado. Ele passa horas de dor sem limite, ciclos de contorção, cãibras nas juntas, asfixia intermitente e parcial, intensa dor por causa das lascas enfiadas nos tecidos de suas costas diláceradas, conforme se levanta contra o poste da cruz. Então outra dor agonizante começa. Uma profunda dor no peito, enquanto seu pericárdio se enche de um líquido que comprime o coração.[3]

---

[3] DAVIS, C. Truman. *A crucificação de Cristo, a partir de um ponto de vista médico*. Disponível em: www.hermeneutica.com.

Jesus foi crucificado no Gólgota, monte que levava esse nome por ter o formato de uma caveira. Se ele, realmente, blasfemava contra o nome de Deus, merecia a punição. No entanto, alguma coisa me soava errado com essa condenação. Além disso, havia o boato de que Jesus ressuscitaria dos mortos.

Essa conversa de ressurreição irritava profundamente Caifás, o sumo sacerdote. Tanto é verdade que, no dia seguinte à crucificação, os principais sacerdotes e fariseus foram ao encontro de Pilatos e lhe disseram:

> Senhor, lembramo-nos de que aquele embusteiro, enquanto vivia, disse: 'Depois de três dias ressuscitarei'. Ordena, pois, que o sepulcro seja guardado com segurança até o terceiro dia, para não suceder que, vindo os discípulos, o roubem e depois digam ao povo: 'Ressuscitou dos mortos; e será o último embuste pior que o primeiro'. Disse-lhes Pilatos: 'Aí tendes uma escolta; ide e guardai o sepulcro como bem vos parecer'. (Mateus 27:63-65.)

Pilatos, portanto, determinou fosse montada guarda no túmulo de Jesus, selando a pedra que o fechava, deixando ali uma escolta. Selar a pedra significava que uma corda seria esticada, fixada em cada extremidade com uma argila especial para lacração, sendo, ainda, marcadas com o sinete oficial do governador.[4] A pedra que servia para fechar o túmulo pesava, aproximadamente, duas toneladas. A guarda romana, normalmente, era composta por 4 a 16 homens. A tática de treinamento romano para essa guarda era a seguinte:

---

[4] MCDOWELL, Josh. *As evidências da ressurreição de Cristo*, p. 83-84.

Quatro homens eram colocados imediatamente na frente do que deveria ser protegido. Os outros doze ficavam dormindo em semicírculo em frente a eles com as cabeças para o lado de dentro. Para roubarem o que os primeiros guardas estavam protegendo, os ladrões deveriam passar antes por cima dos que estavam dormindo. A cada quatro horas, uma outra unidade de quatro soldados era acordada, e os que tinham estado acordados iam dormir.[5]

Levar o corpo de Jesus nessas circunstâncias seria impossível. Nossos sacerdotes e anciãos podiam ficar despreocupados.

---

[5] MCDOWELL, Josh. *As evidências da ressurreição de Cristo*, p. 80-81.

Capítulo IV

Era inadmissível a um soldado romano dormir enquanto estava em serviço. As penas eram extremamente severas para esse tipo de comportamento, podendo chegar até mesmo à morte. Os romanos levavam muito a sério a segurança, e seu exército era conhecido pela eficiência nos combates, graças ao treinamento incansável e à determinação e obediência de seus homens.

Dessa forma, os soldados estavam, realmente, fazendo a vigilância do túmulo de Jesus. Se isso aconteceu, como justificar o boato que surgiu, logo após o terceiro dia de sua morte, de que Jesus havia ressuscitado dentre os mortos? Não podia concordar com isso. Parecia que muitos do povo estavam se rebelando contra Deus. A repressão teria de começar para trazer de volta a paz.

Como se não bastasse o fato de que, não só em Jerusalém, mas em toda a região da Judeia somente se comentava sobre a ressurreição de Jesus, algumas pessoas se diziam testemunhas desse fato. Afirmavam que comeram e beberam com Jesus durante quarenta dias. E não foram poucas as pessoas que fizeram essa afirmação.

Antes de ser crucificado, Jesus havia escolhido doze discípulos dentre os seus seguidores, sendo que um deles, chamado Judas Iscariotes, o traiu por

30 moedas de prata. Lembro-me bem desse fato, pois, nesse dia, fazia a guarda do Templo quando anunciaram a presença de Judas. Parecia estar louco, enfurecido. Carregava consigo o saco contendo as moedas que lhe foram entregues como pagamento do acordo que havia sido feito entre o sumo sacerdote e ele, no sentido de auxiliar a captura do Rabi Jesus, ainda durante a noite em que se comia a Páscoa.

Chorava muito e queria, a todo custo, devolver as moedas. Dizia que fora enganado. Não imaginava que prenderiam Jesus e o torturariam como se ele fosse um bandido. Sua ideia, ao que parece, era deflagar uma revolução, sendo que Jesus assumiria o controle político da região, livrando os judeus do jugo pesado dos romanos.

Mas não aconteceu assim. Sua traição levou seu Senhor à morte. Estava tudo acabado. Não havia qualquer revolução. O remorso tomou conta de seu coração, e ele foi devolver tudo o que recebera. Irritados, os principais sacerdotes e anciãos não aceitaram a devolução, sendo que Judas, aos prantos, jogou contra eles o saco contendo as moedas e fugiu daquele local.

Pouco tempo mais tarde, chegou-nos a notícia de que Judas havia cometido suicídio, enforcando-se.

෴ ෴

Foram muitos os fatos que abalaram aqueles dias. Conta-se, ainda, que, após permanecer durante quarenta dias com os seus discípulos, de ser visto por pessoas isoladas ou mesmo por mais de quinhentas de uma só vez (Coríntios 15:6.), Jesus subiu aos céus (Atos 1:9-11).

Quando seus discípulos estavam reunidos no Cenáculo, dizem que um vento forte começou a soprar, fazendo um som diferente, e, de repente, todos começaram a falar em línguas estranhas. No entanto, muitas pessoas, de diferentes regiões, que ali também se encontravam, entendiam o que aquelas pessoas diziam.

Enquanto tudo se resumia a um pequeno lugar, podíamos aceitar que pensassem um pouco diferente de nós. No entanto, os discípulos de Jesus, com a morte dele, sentiram-se fortalecidos e saíram por todos os cantos apregoando ser ele o Filho do Deus vivo, que havia ressuscitado e que, em breve, voltaria para estabelecer seu reino.

Começaram, portanto, a disseminar essa blasfêmia. Pareciam possuídos por algum espírito, pois que, sem temor algum, falavam sobre Jesus a qualquer pessoa. A insistência deles era tamanha que chegaram a convencer milhares de judeus. Isso nos preocupava muito. Entre nós já havia divisões suficientes, como as interpretações diferentes das Escrituras entre fariseus e saduceus. Agora, surgia outra seita querendo destruir tudo aquilo que havíamos construído durante séculos. A Lei de Moisés era imutável. Tínhamos de cumpri-la a qualquer custo. Aquele que não observasse a Lei deveria ser morto. Essa nova seita já estava incomodando demais. Já era hora de terminar com essa novidade.

ඥකා ඥකා

Nesse tempo, havia terminado o meu período de treinamento e prestava serviços diretamente ao sumo sacerdote, bem como auxiliava a guarda do Templo.

Saulo, por sua vez, havia se tornado um especialista na *Torá*. Conhecia profundamente o Pentateuco, os cinco livros de Moisés (Gênesis, Êxodo, Levítico, Números e Deuteronômio), além ser um apaixonado pelos livros proféticos, principalmente pelo livro de Isaías. Percebia que também havia certa apreensão em Saulo, dada a proliferação dessa nova seita. Numa de nossas conversas, Saulo me confessou:

– Baruch, não podemos tolerar que essas pessoas continuem enganando nosso povo usando falsamente o nome de Deus. Temos de fazer alguma coisa.

– Pelo que sei, o sumo sacerdote também está preocupado. Desde que o boato sobre a ressurreição de Jesus se espalhou por Jerusalém, ele não consegue mais descansar. Parece que os guardas romanos confessaram que dormiram durante o serviço e que os discípulos de Jesus haviam retirado o corpo dele de dentro do túmulo.

– Mas como isso pôde acontecer? Eram muitos guardas. E a pedra? Quem conseguiria remover aquela pedra, que pesava em torno de duas toneladas, sem despertar os guardas?

– Realmente, alguma coisa está errada. Mas o certo é que não podem continuar blasfemando contra Deus.

– Temos de conversar com o sumo sacerdote sobre isso. Vamos esmagar esse movimento antes que pervertam nossos irmãos judeus, pois muitos têm acreditado nessas coisas que andam dizendo por aí.

– É um absurdo. Por que você não conversa com Gamaliel? Ele tem muita influência sobre o povo e poderá nos ajudar a reprimir esse movimento.

– Ótima ideia. Gamaliel é um sábio e profundo conhecedor das Escrituras. Não há ninguém como Gamaliel. O povo, com certeza, o ouvirá. Ainda hoje, conversarei com ele.

Saulo saiu dali imediatamente à procura de Gamaliel. Para sua surpresa, soube que o sumo sacerdote já havia tomado algumas providências para evitar a propagação dessa nova seita. Naquele dia, havia prendido alguns discípulos de Jesus. No entanto, ao determinar que fossem trazidos ao Sinédrio para serem interrogados, já não mais se encontravam na cela onde haviam sido colocados. O capitão do templo, que fora pessoalmente buscá-los, encontrou o cárcere devidamente fechado, com as sentinelas nos seus postos, diante das portas. No entanto, os discípulos de Jesus haviam sumido. Instantes depois, foram informados de que estavam ensinando no Templo.

Mas como isso podia ter acontecido? Como saíram das celas, se elas se encontravam fechadas e guardadas pelas sentinelas? Que milagre seria esse?

O sumo sacerdote, querendo ouvi-los de qualquer forma, determinou que fossem trazidos ao Sinédrio. O capitão do Templo, a quem foi dada a ordem, juntamente com seus guardas, não agiu com violência, pois temia uma revolta do povo. Ao chegarem ao Sinédrio, o sumo sacerdote deu início ao interrogatório dizendo:

> Expressamente vos ordenamos que não ensinásseis nesse nome; contudo, enchestes Jerusalém de vossa doutrina; e quereis lançar sobre nós o sangue desse homem. Então, Pedro e os demais apóstolos

afirmaram: Antes, importa obedecer a Deus do que aos homens. O Deus de nossos pais ressuscitou a Jesus, a quem vós matastes, pendurando-o num madeiro. Deus, porém, com a sua destra, o exaltou a Príncipe e Salvador, a fim de conceder a Israel o arrependimento e a remissão de pecados. Ora, nós somos testemunhas destes fatos, e bem assim o Espírito Santo, que Deus outorgou aos que lhe obedecem. (Atos 5: 28-32.)

Todos os que estavam no Sinédrio se enfureceram quando ouviram essas palavras e queriam matar os seguidores de Jesus. Contudo, Gamaliel estava presente naquela sessão e, intervindo, disse àquela assembleia:

> Israelitas, atentai bem no que ides fazer a estes homens. Porque antes destes dias, se levantou Teudas, insinuando ser ele alguma coisa, ao qual se agregaram cerca de quatrocentos homens; mas ele foi morto, e todos quantos lhe prestavam obediência se dispersaram e deram em nada. Depois desse, levantou-se Judas, o galileu, nos dias do recenseamento, e levou muitos consigo; também este pereceu, e todos quantos lhe obedeciam foram dispersos. Agora, vos digo: dai de mão a estes homens, deixai-os; porque, se este conselho ou esta obra vem de homens, perecerá; mas se é de Deus, não podereis destruí-los, para que não sejais, porventura, achados lutando contra Deus. (Atos 5: 35-39.)

Realmente, foram sábias as palavras de Gamaliel. Essa, com certeza, era mais uma seita que iria desaparecer com o tempo, pois que o seu cabeça, Jesus, a quem achavam ser o Cristo, o ungido de Deus, havia morrido, e não se podia acreditar nessa história de ressurreição.

O sumo sacerdote, atendendo ao conselho de Gamaliel, ordenou a libertação dos seguidores de Jesus. No entanto, não perdeu a oportunidade de açoitá-los, determinando que não mais falassem em nome de Jesus.

Não pude acreditar no que estava vendo, pois esses seguidores, enquanto eram açoitados, pareciam gostar da surra que levavam. Seus rostos brilhavam enquanto eram chicoteados pelos guardas. Pareciam estar alegres por sofrerem por causa do nome de Jesus.

Capítulo V

*P*arece que aquela surra não surtira efeito. Logo após serem açoitados, os discípulos saíram do Sinédrio e continuaram a pregar o nome de Jesus. Isso irritou profundamente o sumo sacerdote e muitas autoridades do nosso povo.

Embora tivessem escutado o conselho de Gamaliel, resolveram que a situação não podia continuar daquela maneira. Não permitiriam que continuassem a afirmar que Jesus era o filho de Deus, o Messias, aquele que tinha vindo ao mundo para nos salvar, oferecendo, volitivamente, sua vida como o último sacrifício.

Deus havia nos ensinado a expiar o pecado por meio dos sacrifícios que eram realizados no Templo, a exemplo dos sacrifícios pelos pecados por ignorância de qualquer pessoa, conforme determinação contida no livro de Levítico 5: 27-31:

> Se qualquer pessoa do povo da terra pecar por ignorância, por fazer alguma das coisas que o Senhor ordenou se não fizessem, e se tornar culpada; ou se o pecado em que ela cai lhe for notificado, trará por sua oferta uma cabra sem defeito, pelo pecado que cometeu. E porá a mão sobre a cabeça da oferta pelo pecado e a imolará no lugar do holocausto. Então, o sacerdote, com o dedo, tomará do sangue da oferta e o porá sobre os chifres do altar do holocausto; e todo o restante do sangue derramará à base do altar. Tirará toda

a gordura, como se tira a gordura do sacrifício pacífico; o sacerdote a queimará sobre o altar como aroma agradável ao Senhor; e o sacerdote fará expiação pela pessoa, e lhe será perdoado.

Havia, também, o sacrifício pelos pecados ocultos, pelo sacrilégio, pelos pecados voluntários; enfim, Deus nos havia ensinado como eliminá-los de nossa vida, transferindo-os a um animal, em um ritual de imposição de mãos, para logo em seguida imolá-lo.

Essa nova seita dizia que Jesus era o cordeiro de Deus que veio tirar todo o pecado do mundo. Afirmava que a sua morte era como o último sacrifício, uma vez que a humanidade não cessava de pecar, não sendo mais suficiente a morte de animais.

Ensinavam com impetuosidade, a ponto de fazerem que as palavras de Gamaliel fossem esquecidas. O sumo sacerdote e as demais autoridades do Sinédrio, então, determinaram que fossem definitivamente calados. Assim, recebemos ordens para identificar todos os discípulos de Jesus e cumprir nossa lei, que sentenciava a morte por apedrejamento para aquele que blasfemasse contra o nome de Deus.

Saulo também se sentia incomodado com essa nova seita. Mesmo tendo ouvido Gamaliel falar para aquela plateia no Sinédrio, não conseguia concordar com seu mestre e pensava numa forma de acabar, de uma vez por todas, com essa blasfêmia contra o nosso Deus. Saulo conhecia as Escrituras e tinha a convicção de que se tratava de blasfemadores e, portanto, todos mereciam a morte.

A caçada havia começado. O primeiro a ser capturado foi um seguidor da seita de Jesus chamado Estêvão. Logo a notícia de sua prisão ganhou notoriedade. Estêvão foi levado ao Sinédrio para ser julgado. Várias testemunhas depuseram contra ele dizendo que ele não cessava de falar contra o lugar santo e contra a lei. Após serem ouvidas as testemunhas, foi dado o direito de defesa a Estêvão. As pessoas que o olhavam comentavam que seu rosto parecia-se com o "rosto de um anjo". Mantinha uma tranquilidade que causava estranheza a todos nós que participávamos daquele julgamento. Sabia que estava prestes a ser morto, que serviria como exemplo aos demais de sua seita, mas, ainda assim, mantinha a calma. Sua aparência não era a de alguém que tinha conhecimento de que, em alguns instantes, já estaria morto. Ao ser dada a palavra a Estêvão, ele disse em sua defesa:

> Varões irmãos e pais, ouvi. O Deus da glória apareceu a Abraão, nosso pai, quando estava na Mesopotâmia, antes de habitar em Harã, e lhe disse: Sai da tua terra e da tua parentela e vem para a terra que eu te mostrarei. Então, saiu da terra dos caldeus e foi habitar em Harã. E dali, com a morte de seu pai, Deus o trouxe para esta terra em que vós agora habitais. Nela, não lhe deu herança, nem sequer o espaço de um pé; mas prometeu dar-lhe posse dela e, depois dele, à sua descendência, não tendo ele filho. E falou Deus que a sua descendência seria peregrina em terra estrangeira, onde seriam escravizados e maltratados por quatrocentos anos; eu, disse Deus, julgarei a nação da qual forem escravos; e, depois

disto, sairão daí e me servirão neste lugar. Então, lhe deu a aliança da circuncisão; assim, nasceu Isaque, e Abraão o circuncidou ao oitavo dia; de Isaque procedeu Jacó, e, deste, os doze patriarcas. Os patriarcas, invejosos de José, venderam-no para o Egito; mas Deus estava com ele e livrou-o de todas as suas aflições, concedendo-lhe também graça e sabedoria perante Faraó, rei do Egito, que o constituiu governador daquela nação e de toda a casa real. Sobreveio, porém, fome em todo o Egito; e, em Canaã, houve grande tribulação, e nossos pais não achavam mantimentos. Mas, tendo ouvido Jacó que no Egito havia trigo, enviou, pela primeira vez, os nossos pais. Na segunda vez, José se fez reconhecer por seus irmãos, e se tornou conhecida de Faraó a família de José. Então, José mandou chamar a Jacó, seu pai, e toda a sua parentela, isto é, setenta e cinco pessoas. Jacó desceu ao Egito, e ali morreu ele e também nossos pais; e foram transportados para Siquém e postos no sepulcro que Abraão comprara a dinheiro aos filhos de Hamor.

Como, porém, se aproximasse o tempo da promessa que Deus jurou a Abraão, o povo cresceu e se multiplicou no Egito, até que se levantou ali outro rei, que não reconhecia a José. Este outro rei tratou com astúcia nossa raça e torturou os nossos pais, a ponto de forçá-los a enjeitar seus filhos, para que não sobrevivessem. Por esse tempo, nasceu Moisés, que era formoso aos olhos de Deus. Por três meses, foi ele mantido na casa de seu pai, quando foi exposto, a filha de Faraó o recolheu e criou como seu próprio filho. E Moisés foi educado em toda a ciência dos egípcios, e era poderoso em palavras e obras.

Quando completou quarenta anos, veio-lhe a ideia de visitar seus irmãos, os fihos de Israel. Vendo um homem tratado injustamente, tomou-lhe a defesa e vingou o oprimido, matando o egípcio. Ora, Moisés cuidava que seus irmãos entenderiam que Deus os queria salvar por intermédio dele; eles, porém, não compreenderam. No dia seguinte, aproximou-se de uns que brigavam e procurou reconduzi-los à paz, dizendo: Homens, vós sois irmãos; por que vos ofendeis uns aos outros. Mas o que agredia o próximo o repeliu, dizendo: 'Quem te constituiu autoridade e juiz sobre nós? Acaso, queres matar-me, com fizeste ontem ao egípcio?' A estas palavras Moisés fugiu e tornou-se peregrino na terra de Midiã, onde lhe nasceram dois filhos.

Decorridos quarenta anos, apareceu-lhe, no deserto do monte Sinai, um anjo, por entre as chamas de uma sarça que ardia. Moisés, porém, diante daquela visão, ficou maravilhado e, aproximando-se para observar, ouviu-se a voz do Senhor: 'Eu sou o Deus dos teus pais, o Deus de Abraão, de Isaque e de Jacó'. Moisés, tremendo de medo, não ousava contemplá-la. Disse-lhe o Senhor: 'Tira a sandália dos pés, porque o lugar em que estás é terra santa. Vi, com efeito, o sofrimento do meu povo no Egito, ouvi o seu gemido e desci para libertá-lo. Vem agora, e eu te enviarei ao Egito'.

A este Moisés, a quem negaram reconhecer, dizendo: 'Quem te constituiu autoridade e juiz?' A este enviou Deus como chefe e libertador; com a assistência do anjo que lhe apareceu na sarça. Este os tirou, fazendo prodígios e sinais na terra do Egito, assim como no mar Vermelho e no deserto, durante quarenta anos. Foi Moisés quem disse aos filhos de Israel: 'Deus vos suscitará dentre vossos irmãos um profeta semelhante a mim'. É este Moisés quem esteve na congregação no deserto, com o anjo que lhe falava no monte Sinai e com os nossos pais; o qual recebeu palavras vivas para no-las transmitir. A quem nossos pais não quiseram obedecer; antes, o repeliram e, no seu coração, voltaram para o Egito, dizendo a Arão: 'Faze-nos deuses que vão adiante de nós; porque, quanto a este Moisés, que nos tirou da terra do Egito, não sabemos o que lhe aconteceu'. Naqueles dias, fizeram um bezerro e ofereceram sacrifício ao ídolo, alegrando-se com as obras das suas mãos. Mas Deus se afastou e os entregou ao culto da milícia celestial, como está escrito no Livro dos Profetas:

'Ó casa de Israel, porventura, me oferecestes vítimas e sacrifícios no deserto, pelo espaço de quarenta anos, e, acaso, não levantastes o tabernáculo de Moloque e a estrela do deus Renfã, figuras que fizestes para as adorar? Por isso, vos deterrarei para além da Babilônia'.

O tabernáculo do testemunho estava entre nossos pais no deserto, como determinara aquele que disse a Moisés que o fizesse segundo o modelo que tinha visto. O qual também nossos pais, com Josué, tendo-o recebido, o levaram, quando tomaram posse das nações que Deus expulsou da presença deles, até aos dias de Davi. Este achou graça diante de Deus e lhe suplicou a faculdade de prover morada para o Deus de Jacó. Mas foi

Salomão quem lhe edificou a casa. Entretanto, não habita o Altíssimo em casas feitas por mãos humanas; como diz o profeta:

'O céu é o meu trono, e a terra, o estrado dos meus pés; que casa me edificareis, diz o Senhor, ou qual é o lugar do meu repouso?

Não foi, porventura, a minha mão que fez todas estas coisas?

Homens de dura cerviz e incircunciso de coração e de ouvidos, vós sempre resistis ao Espírito Santo; assim como fizeram vossos pais, também vós o fazeis. Qual dos profetas vossos pais não perseguiram? Eles mataram os que anteriormente anunciavam a vinda do justo, do qual vós agora vos tornastes traidores e assassinos, vós que recebestes a lei por ministério de anjos e não a guardastes'. (Atos 7:2-53.)

Esse discurso de Estêvão era forte demais. Todos os presentes se sentiram atingidos por suas palavras e diziam: "Quem ele pensa que é, para vir aqui nos acusar? Ele é o blasfemador, e não nós! Sua seita contraria a Palavra de Deus e o seu Templo. Temos de calá-lo imediatamente". A sentença já estava no coração de todos. Estêvão deveria ser morto. Deveria morrer apedrejado, conforme determina nossa lei, em Levítico 24:16, que diz: "Aquele que blasfemar o nome do Senhor será morto; toda a congregação o apedrejará; tanto o estrangeiro como o natural, blasfemando o nome do Senhor, será morto".

Eu e Saulo assistimos a tudo. Também ficamos revoltados com as palavras de Estêvão. Ele estava ali no papel de acusado, e não de acusador. Com que direito nos jogava na cara os erros dos nossos antepassados?

Estêvão foi agarrado pela guarda do Templo e conduzido para fora da cidade. Ali começaria sua execução. Acompanhávamos tudo de perto. Embora não tivesse escalado para estar na guarda naquele dia, prestei auxílio no sentido de conduzi-lo até o local onde seria executado.

As pedras começaram a ser lançadas contra ele. De acordo com nossa lei (Levítico 17:7), as testemunhas da blasfêmia seriam as primeiras a arremessar as pedras. A primeira, a segunda, a terceira... Durante a execução, as testemunhas deixaram suas vestes aos pés de Saulo (Atos 7:58). Em vez de suplicar pela sua vida, ou mesmo ofender seus executores, o que seria o normal, Estêvão, olhando para os céus, disse estas palavras: "Senhor Jesus, recebe o meu espírito", e em seguida, já de joelhos, prestes a receber os últimos golpes, clamou em voz alta: "Senhor, não lhes imputes este pecado" (Atos 7:59-60), e morreu logo em seguida.

Assistíamos, atônitos, àquela cena. Isso não era normal. Essas pessoas que seguiam a Jesus só podiam ser loucas. Como era possível suplicar por aqueles que estavam ali para tirar-lhe a vida? Que tipo de ensino era esse?

Devo confessar que fiquei abalado com esse comportamento, embora estivesse convencido da necessidade da sua morte, pois que Estêvão blasfemava contra o nome de Deus, afirmando que Jesus, além de ser Filho do Deus vivo, havia ressuscitado ao terceiro dia.

Percebi que Saulo também havia ficado confuso com o comportamento de Estêvão. Ao terminar a execução, saímos juntos daquele local. Ninguém teve a iniciativa de discutir sobre o caso de Estêvão. Realmente, aquele comportamento não era normal e, ao mesmo tempo em que suas palavras nos atingiam, aguçando nossa ira, ficamos confusos com a tranquilidade de sua expressão. Parecia que, ainda naquela situação, amava a todos os seus executores e nos tratava como crianças que precisavam ser guiadas, que se encontravam perdidas pelo caminho.

No fundo, aquela execução me fez mal. No entanto, não tinha outra solução: os seguidores dessa nova seita deveriam ser mortos.

Capítulo VI

Embora a atitude de Estêvão tivesse nos comovido, não podíamos confundir seu amor a Jesus com o fato de que estavam disseminando sua seita entre nosso povo, contrariando a Lei de Moisés, a Palavra que nos havia sido dada pelo próprio Deus vivo. Isso deveria ter um fim. Não podíamos mais esperar, conforme havia sugerido Gamaliel, pois que os chamados apóstolos de Jesus estavam andando por todos os lugares, testemunhando às pessoas que Jesus era o Cristo, que tinha vindo para nos libertar e que havia sido morto, mas, ao terceiro dia, ressuscitara.

Esses discípulos de Jesus afirmavam que o Mestre deles tinha sido elevado às alturas, mas que havia deixado com eles, em seu lugar, o Espírito Santo, o paracleto consolador. Não conseguia entender a atitude daqueles homens. Parecia ter havido uma mudança significativa de comportamento entre eles. No dia da prisão de Jesus, todos o abandonaram. Inclusive um deles, um pescador conhecido por Simão Pedro, em diversas ocasiões, quando Jesus estava no interior do pátio do sumo sacerdote, negou conhecê-lo quando inquirido por algumas pessoas que ali se encontravam, porque achavam que era parecido com um dos seguidores de Jesus. Agora, essas pessoas, mesmo açoitadas, andavam por aí, destemidamente, enfrentando a todos, pregando a Palavra deixada pelo seu Mestre. O que teria acontecido? Qual a razão dessa mudança tão abrupta de comportamento? Antes, quando andavam ao lado de Jesus, eram um bando de covardes, mas, depois que seu Mestre morrera, tornaram-se valentes.

Na verdade, nada disso importava agora. Era preciso conversar com Saulo sobre uma estratégia para prender essas pessoas que estavam inundando nossa gente com essas ideias, irritando nossas autoridades, infringindo nossas leis.

Saulo, basicamente, já havia terminado seus estudos com Gamaliel. Estava apto a ser um Rabi, um escriba, enfim, o seu conhecimento sobre a *Torá* o habilitava a ocupar qualquer posto de importância perante nosso povo. Era um fariseu digno do seu nome. Discutir com Saulo era muito difícil, pois ele tinha a capacidade de citar, simultaneamente, todos os profetas, bem como o Pentateuco. Fazia uma interpretação sistêmica das Escrituras, comparando livro por livro. Tudo se encaixava perfeitamente.

Ao encontrar-me com Saulo, fui diretamente ao assunto:

– Amigo, tem tomado conhecimento da proliferação daquela seita a que pertencia Estêvão?

– Claro. Isso tem me preocupado muito. Blasfemam contra nosso Deus a todo momento, e não estamos fazendo quase nada. Os discípulos de Jesus têm andado por todas as cidades pregando o seu evangelho. Afirmam que Jesus é o filho de Deus e que veio à Terra para nos livrar dos nossos pecados.

– Não conheço tão bem as Escrituras como você, mas, por tudo o que já estudei, isso soa uma grande blasfêmia. Temos de defender o nome do nosso Deus.

– É verdade. Já fui conversar com o sumo sacerdote e lhe pedi cartas para prender esses seguidores em outras cidades, pois que não somente em Jerusalém pregam sobre esse Jesus, como em todos os lugares. Sei que se concentram em Damasco. Esse será o meu primeiro destino. Você gostaria de ir comigo como comandante da guarda do Templo?

– Claro, Saulo. Seria um prazer poder participar dessa diligência com você. Vamos unir nossas forças. Começarei, agora, a reunir os homens. Farei a seleção dos melhores, para que estejamos seguros na estrada, bem como para que possamos prender o maior número possível de pessoas.

– Ótimo. Amanhã, bem cedo, sairemos de Jerusalém. Levarei comigo as cartas do sumo sacerdote para serem entregues a todas as sinagogas em Damasco. Todos serão presos, homens e mulheres, que forem seguidores de Jesus.

– Perfeito. Saíremos um pouco antes do nascer do Sol.

No dia seguinte, todo o grupo estava preparado. Os guardas do Templo foram alertados para sua missão. Estavam todos muito eufóricos, pois queriam prender o maior número de pessoas para que fossem julgadas e condenadas pelo Sinédrio.

Saulo fez uma preleção a todos que compunham a caravana. Havia chegado o momento em que essa nova seita teria de ser reprimida o mais severamente possível. Já tinham ido longe demais. A audácia deles lhes custaria muito caro.

Todos em fila, partimos de Jerusalém rumo a Damasco. Estávamos ansiosos para chegar àquela cidade. Os planos já haviam sido cuidadosamente traçados. Levávamos conosco muitos endereços, pois Saulo havia solicitado, dias atrás, uma investigação preliminar em Damasco, colocando espiões por toda cidade, a fim de identificar os seguidores de Jesus.

Um fato causou estranheza a Saulo: alguns espiões que haviam sido enviados não retornaram na data prevista. Teriam sido descobertos e mortos pelos seguidores de Jesus? Teríamos oportunidade de esclarecer sobre o desaparecimento deles quando chegássemos a Damasco.

As cartas enviadas pelo sumo sacerdote concediam autoridade a Saulo para prender qualquer judeu que houvesse bandeado para o lado dos seguidores de Jesus. Podia tanto prendê-los em Damasco quanto trazê-los para Jerusalém. Tudo iria depender do número de pessoas capturadas. Saulo decidiria.

Havia um discípulo de Jesus, em especial, que deveria ser imediatamente preso. Chamava-se Ananias. Era um dos principais agitadores naquela cidade. Se prendêssemos Ananias, por mais que ainda permanecessem alguns do movimento, este seria tremendamente enfraquecido, uma vez que Ananias era o coordenador do grupo, aquele que tinha a capacidade de organizar as reuniões, fazer a ligação com os apóstolos de Jesus, isto é, aqueles que andaram com ele durante três anos; enfim, era um homem de vital importância para o sucesso e o progresso daquela seita em Damasco.

Durante o caminho, Saulo demonstrava verdadeiro ódio e desprezo por essas pessoas. Sua vontade era chegar o mais rápido possível a Damasco para prender e executar todos os seguidores de Jesus. A matança deveria começar, para que pudesse ser entendida como exemplo a todos os demais.

Já estávamos nos aproximando de Damasco quando, de repente, uma luz violentamente forte brilhou ao nosso redor. Todos caíram em terra. Não conseguíamos entender o que estava acontecendo. Ficamos cegos com o brilho daquela luz. Saulo havia caído também e, quando estávamos nos recompondo, percebemos que ele parecia conversar com alguém. Ouvíamos uma voz, mas, no entanto, não havia qualquer pessoa próxima a ele. Ao nos aproximarmos de Saulo, percebemos ele que não conseguia enxergar. Abria os olhos, mas nada podia ver. Ficamos preocupados e seguimos em direção a Damasco. Entramos na cidade, e logo encontramos um lugar para deixarmos Saulo, que parecia delirar. Nosso plano de cumprir as ordens de prisão deveria ser suspenso, pelo menos por enquanto. Precisávamos ajudar Saulo a se recuperar, pois era ele quem comandava o grupo, que conhecia os endereços, enfim, quem detinha toda estratégia para prender os seguidores de Jesus.

Saulo ficou hospedado na casa de um homem chamado Judas, que morava na Rua Direita, em Damasco. Pediu-nos que fôssemos embora e que o deixássemos ali, sozinho. De pronto, atendemos-lhe o pedido e voltamos para Jerusalém.

Após sete dias, voltei para Damasco para saber como estava meu amigo. Assim que o vi, percebi que

Saulo tinha um comportamento diferente. Parecia transtornado. Seu rosto tinha um brilho especial. Saulo estava assentado em sua cama, quando começamos a conversar:

– Saulo, meu amigo, o que houve?

– Baruch, nunca pensei que isso pudesse acontecer comigo. Tenho de lhe contar tudo, desde o começo.

– Fique tranquilo, pois tenho tempo. Minha única missão em Damasco é saber como você está. Todos estão muito preocupados, principalmente o sumo sacerdote, que deseja o seu rápido restabelecimento, porque temos uma tarefa grande a cumprir.

– Vou lhe contar tudo. Por favor, ouça com paciência. Quando estávamos naquela estrada, você também viu a luz brilhar, não viu?

– Claro, nós todos caímos. Não sei o que houve. Nunca tinha acontecido isso. Não sei se a posição do Sol fez com que nossos cavalos ficassem atordoados. Não sei, realmente, não sei.

– Amigo, sei exatamente o que houve.

– Diga logo, Saulo. Já estou curioso.

– Assim que caí, escutei uma voz que me dizia: "Saulo, Saulo, por que me persegues"? Logo após essa pergunta, parecia que meu espírito sabia com quem eu conversava, e perguntei: "Quem és tu, Senhor?" Em resposta, ouvi: "Eu sou Jesus, a quem tu persegues; mas levanta-te e entra na cidade, onde te dirão o que te convém fazer" (cf. Atos 4:9-6). A partir daí, fiquei cego, lembra?

– Claro que sim. Fui eu quem o colocou no cavalo e o trouxe para esta casa.

– Então, meu amigo, durante três dias, fiquei em jejum, sem comer nem beber. Também não enxergava. Para falar a verdade, não percebi o tempo passar. Assim, nem a comida, nem a bebida, tampouco meus olhos fizeram falta. Orei sem cessar durante todo esse tempo. Meditava sobre o que havia acontecido naquela estrada. Lembrava-me, constantemente, do brilho daquela luz, bem como da voz que tinha se dirigido a mim. Aquelas palavras entraram no meu coração como uma flecha.

– O que aconteceu exatamente?

– Você não vai acreditar. Tive um encontro pessoal com Jesus. A partir desse momento, meus pensamentos se voltaram para tudo aquilo que havia feito contra os seus seguidores. Todas as capturas, torturas, mortes, humilhações. Com uma única pergunta, dita com uma voz suave, impregnada de um amor profundo, percebi a quem eu estava me dirigindo. Quando perguntei, atônito, "Quem és tu, Senhor"? meu coração já sabia a resposta. Jesus não me acusou de absolutamente nada e me confiou uma primeira missão: entrar na cidade.

– Você ainda está delirando, meu irmão. Não se preocupe com isso. Vamos cuidar bem de você em Jerusalém. Vou levá-lo agora para casa.

– Espere um pouco. Ouça o que ainda tenho a lhe dizer. Você sabe, Baruch, do ódio que eu nutria pelos seguidores de Jesus quando os perseguia, porque imaginava serem eles um bando de blasfemadores. No entanto, após esse encontro com o próprio Jesus, minha vida foi transformada. Primeiramente, fui tomado por um sentimento de remorso terrível. Minha mente não parava de pensar nas perseguições implacáveis. Só queria chorar. Pedia perdão a Deus incessantemente pela minha ignorância. Ficava dizendo a mim mesmo: "Jesus apareceu a mim. Ele está vivo! Ele existe de verdade. Conversei com ele. Ele se revelou a mim, justamente seu maior perseguidor".

– Ora, Saulo, pare com isso. Está parecendo um deles.

– Lembra-se de Ananias?

– Sim, claro. Viemos aqui para prendê-lo. Ele é um dos principais seguidores de Jesus em Damasco.

– Pois bem. Quando estava orando, no final desses três dias, Ananias esteve aqui.

– O quê? E você não o prendeu?

– Calma. Vou lhe contar tudo. Enquanto eu orava, Jesus, visitou Ananias em sonho e lhe disse:

Ananias! Ao que respondeu: 'Eis-me aqui, Senhor'! Então, o Senhor lhe ordenou: 'Dispõe-te, e vai à rua que se chama Direita, e na casa de Judas, procura por Saulo, apelidado de Tarso; pois ele está orando e viu entrar um homem, chamado Ananias, e impor-lhe as mãos, para que recuperasse a vista'. Ananias, porém, respondeu: 'Senhor, de muitos tenho ouvido a respeito desse homem, quantos males tem feito aos teus santos em Jerusalém; e para aqui trouxe autorização dos principais sacerdotes para prender a todos os que invocam o teu nome'. Mas o Senhor lhe disse: 'Vai, porque este é para mim um instrumento escolhido para levar o meu nome perante os gentios e reis, bem como perante os filhos de Israel; pois, eu lhe mostrarei quanto lhe importa sofrer pelo meu nome'. (Atos 9: 10-16.)

– Isso tudo é loucura!

– Não pude acreditar que meus olhos foram abertos justamente por aquela pessoa a quem eu vinha prender. A partir de então, tenho conhecido mais e mais quem é Jesus. Irmão, você tem de acreditar. Jesus é o Messias, o Filho de Deus! Você me conhece. Eu jamais faria essa afirmação se não tivesse certeza. Você sabe quanto amo a Deus e do meu temor a ele.

– Basta, Saulo. Definitivamente, você enlouqueceu. Em nome de nossa amizade, vou dizer ao sumo sacerdote que não o encontrei em Damasco. Vou aguardar sua recuperação para conversarmos novamente.

– Mas Baruch...

– Chega, Saulo. Não me faça perder a paciência, ou terei de cumprir meu dever.

– Baruch, eu...

– Já disse, basta de loucura por hoje. Em Jerusalém, nos veremos.

Capítulo VII

Quando saí daquele lugar, minha cabeça estava a ponto de explodir. Por mais que tentássemos esconder nossa finalidade de prender os seguidores de Jesus, todos tinham conhecimento daqueles que eram os mais procurados, e Ananias sabia que era um deles. Como ele arriscaria sua vida indo ao encontro daquele que tinha ido àquela cidade justamente com a finalidade de prendê-lo? Isso não era normal.

Saulo me contou que Ananias, ao chegar àquela casa, viu que ele se encontrava deitado, suando muito. Parecia que estava tendo alucinações. Pedia perdão sem cessar. Seu semblante estava abatido. Havia chorado muito. Sem que Saulo desse conta da presença de Ananias, este impôs as mãos sobre sua cabeça e disse: "Saulo, irmão, o Senhor me enviou, a saber, o próprio Jesus que te apareceu no caminho por onde vinhas, para que recuperes a vista e fiques cheio do Espírito Santo". (Atos 9: 17.)

Nesse instante, lhe caíram dos olhos como que escamas, e ele tornou a ver. Percebeu onde estava, bem como as pessoas que o cercavam. Eram aquelas contra as quais havia conseguido as cartas de prisão perante o sumo sacerdote. Os seguidores de Jesus é que estavam ali, cuidando dele naquele momento. Ananias, com quem havia sonhado, também estava ali.

Paulo percebeu que alguns dos espiões que havia enviado a Damanco para saber dos endereços e atividades dos cristãos naquele local também ali estavam com ele.

Saulo não sabia como reagir. Um constrangimento muito grande tomou conta de seu espírito. Não sabia se chorava, se pedia desculpas... Logo em seguida, orientado pelos discípulos de Jesus, foi batizado. O batismo representava a morte da vida passada e sua ressurreição. A purificação nas águas o transformara. Já não era mais o mesmo.

Como ele próprio me disse, agora ele fazia parte de uma nova família, a família de Jesus. Aquelas pessoas que ali se encontravam o receberam como a um irmão, e não mais como acusador e perseguidor implacável. Como isso podia ter acontecido? Como o ódio que Saulo tinha pelos seguidores de Jesus foi transformado em amor por essa gente?

A mudança na vida de Saulo, a partir daquele momento, foi tamanha que ele deixou de usar seu nome hebraico e passou a assumir seu nome romano. Passaria, agora, a ser chamado de "Paulo".

A avidez de Paulo em se juntar a esse grupo de seguidores de Jesus era tamanha que, poucos dias após sua conversão, começou a pregar nas sinagogas afirmando que Jesus era, realmente, o Messias esperado.

Quando soube desse fato, fiquei indignado com a postura de meu melhor amigo. Logo que pude, fui encontrar-me com Saulo em Damasco. Ouvi atentamente sua pregação em uma das sinagogas daquela cidade. Logo em seguida, saímos juntos para conversar, pois, desde aquele último encontro em Damasco, nunca mais havíamos nos falado. Fui diretamente ao ponto e disse:

– Saulo...

Fui interrompido por ele, que me corrigiu, imediatamente:

– Paulo, meu amigo, Paulo.

– Paulo, Saulo, o que seja, o que aconteceu com você? Parece que enlouqueceu. Eu sabia que sua mania de estudar demais ainda resultaria nisso. O dia inteiro debruçado sobre os rolos sagrados sem comer, sem beber, mergulhado naquelas leituras, não podia dar certo.

Paulo deu um sorriso largo e me abraçou, dizendo:

– Parece que não estudei absolutamente nada, meu irmão. Agora, sim, estou tendo a revelação de que precisava. Procurei tanto por esse momento...

– Que momento, Paulo? Você enlouqueceu. O sumo sacerdote já deu ordens para prendê-lo. Todos o estão chamando de traidor. Querem acabar com você. Estou aqui escondido, em nome da nossa amizade.

– Você não entende. Encontrei a Verdade, a única Verdade. Jesus Cristo é, realmente, o Filho de Deus. Você viu o que aconteceu no caminho para Damasco!

– Paulo, não seja tolo. Alguma coisa aconteceu, é certo. Mas não houve nada de sobrenatural naquilo. Talvez o lugar onde estivéssemos passando fizesse com que o Sol brilhasse mais intensamente, não sei...

– Mas e a voz? Você também não escutou, não foi?

– Pode ter sido um barulho qualquer. Não deu para saber direito.

– Amigo, a verdade é que, em todos esses anos, meus olhos estavam fechados. Eles foram abertos, naquela estrada, pelo próprio Jesus. Eu estava errado. Jesus é, realmente, o Filho de Deus.

– Paulo, pare com isso. Eu vim aqui para ajudá-lo, para tentar, de alguma forma, convencer o sumo sacerdote a aceitar suas desculpas. Você era uma pessoa de confiança; o Sinédrio tinha muito respeito por você, agora, é repudiado. Ninguém tolera ouvir falar seu nome, a não ser o seu mestre, Gamaliel, que quer conversar pessoalmente com você.

– Irmão, escute-me, por favor. Durante anos a fio estudei as Escrituras Sagradas. Cada dia meu amor por nosso Deus aumentava. Sempre tive o cuidado ao interpretar cada letra, de modo a não distorcer a Palavra de Deus. No entanto, estava cego, mas, agora, enxergo.

– Que cego, Paulo! Você está louco!

– Sei que você não tem tempo agora. Contudo, gostaria que meditasse um pouco sobre o livro de Isaías. Veja o que ele fala sobre o Messias e o compare com Jesus:

> Quem creu em nossa pregação? E a quem foi revelado o braço do Senhor? Porque foi subindo como renovo perante ele e como raiz de uma terra seca não tinha aparência nem formosura; olhamo-lo, mas nenhuma beleza havia que nos agradasse. Era desprezado e o mais rejeitado entre os homens; homens de dores e que sabe o que é padecer; e,

como um de quem os homens escondem o rosto, era desprezado, e dele não fizemos caso.

Certamente, ele tomou sobre si as nossas enfermidades e as nossas transgressões levou sobre si; e nós o reputávamos por aflito, ferido de Deus e oprimido. Mas ele foi traspassado pelas nossas transgressões e moído pelas nossas iniquidades; o castigo que nos traz a paz estava sobre ele, e pelas suas pisaduras fomos sarados. Todos nós andávamos desgarrados como ovelhas; cada um se desviava pelo caminho, mas o Senhor fez cair sobre ele a iniquidade de nós todos. Ele foi oprimido e humilhado, mas não abriu a boca; como cordeiro foi levado ao matadouro; e, como ovelha muda perante os seus tosquiadores, ele não abriu a boca. Por juízo opressor foi arrebatado, e de sua linhagem, quem dela cogitou? Porquanto foi cortado da terra dos viventes; por causa da transgressão do meu povo, foi ele ferido. Designaram-lhe a sepultura com os perversos, mas com o rico esteve na sua morte, posto que nunca fez injustiça, nem dolo algum se achou em sua boca. (Isaías 53:1-9.)

E Paulo continuou:

– Irmão, por favor, prometa-me que, a partir de agora, tentará identificar Jesus nas Escrituras. Procure fazer isso, peça a Deus que o Espírito Santo lhe traga os esclarecimentos necessários.

– Chega, Paulo! Vim aqui para ajudá-lo, em consideração à nossa velha amizade, e não para ser convencido de que Jesus é o Filho de Deus, o Redentor, o Messias esperado pelo nosso povo. A partir de agora, tome muito cuidado, pois o sumo sacerdote já determinou sua prisão, e você passará o mesmo que esses seguidores de Jesus. Não conte comigo para essas suas loucuras.

— De qualquer forma, agradeço-lhe pela preocupação; mas não se esqueça do que lhe disse sobre o Messias. Não se esqueça, meu amigo, que ele já veio e nós não o reconhecemos, como disseram os profetas.

— Pare com isso. Meu tempo já se esgotou. Tenho de voltar imediatamente para Jerusalém, pois sentirão minha falta na guarda do Templo.

— Que o Senhor Jesus o acompanhe.

— Chega! Não quero mais ouvir esse nome.

Capítulo VIII

$\mathcal{S}$oube que Paulo havia permanecido por mais alguns dias em Damasco, conversando com os discípulos sobre Jesus. Parecia que seu coração estava transbordando de alegria. Ele começou a pregar nas sinagogas afirmando que Jesus era o Filho de Deus. No entanto, os próprios seguidores de Jesus o ouviam com desconfiança, pois acreditavam que Paulo estivesse mentindo e que somente queria identificar todos os membros do grupo para prendê-los e levá-los até Jerusalém. Contudo, as palavras de Paulo sobre Jesus eram tão contundentes que ele passou a ganhar a confiança dos seus seguidores em Damasco e começou a confundir a cabeça dos nossos irmãos judeus.

Isso não podia mais continuar. Paulo deveria ser morto. Assim, sua morte foi deliberada e planejada pelos judeus de Damasco, que passaram a vigiar todas as portas da muralha da cidade. Não lhe restava outra saída a não ser fugir. Ajudado pelo seu grupo, viemos a saber que a única opção que lhe restara foi ser colocado em um cesto, que foi descido, à noite, pela janela da muralha.

Iniciava-se, aqui, suas aventuras. Paulo estava, realmente, fora de si.

༺✵༻ ༺✵༻

Saindo de Damasco, Paulo seguiu para as regiões da Arábia (Gálatas 1: 17), onde permaneceu pelo período de três anos, meditando sobre as Escrituras. Falávamos de tempos em tempos. Tinha esperança de que Paulo voltasse a ser o que sempre fora, que se dedicasse ao Templo, que viesse para junto de seus irmão fariseus. No entanto, dizia sempre que, agora que Jesus se revelara a ele como o Filho de Deus, teria de reler os textos sagrados com outra visão. Procurava, assim, identificar Jesus em cada passagem profética sobre a vinda do Messias. Para ele, tudo se encaixava perfeitamente. Jesus era, realmente, o ungido de Deus. Da Arábia, Paulo voltou a Damasco e, finalmente, seguiu para Jerusalém.

Em Jerusalém, Paulo conheceu melhor sua antiga fama de perseguidor dos discípulos de Jesus. Ninguém queria conversar com ele, com medo de ser preso. Mesmo depois de tanto tempo, todos temiam que aquilo fosse uma farsa e que Paulo não havia, realmente, se transformado em um discípulo de Jesus. Aquilo, diziam, era uma estratégia de uma mente reconhecidamente brilhante que tinha como única finalidade identificar todos os que pertenciam à seita do nazareno, para eliminá-los por completo.

Entretanto, um dos seguidores de Jesus, chamado Barnabé, levantou-se em defesa de Paulo e testemunhou aos demais como Paulo havia se encontrado pessoalmente com Jesus no caminho para Damasco e como, depois disso, passou a pregar nas sinagogas daquela cidade, afirmando ser Jesus o Filho de Deus.

Barnabé confiava em Paulo e foi um dos responsáveis, em Jerusalém, pelo seu encontro com dois outros discípulos de Jesus – Pedro e Tiago. Paulo estava ávido por mais informações sobre Jesus. Dizia sempre que, embora tivesse recebido sua comissão apostólica diretamente de seu próprio Mestre, precisava conhecer mais detalhes sobre os anos em que Jesus havia ministrado seus ensinamentos aos discípulos. Ninguém melhor, naquele momento, do que Pedro, um dos discípulos que gozavam da intimidade de Jesus, ou mesmo de Tiago, seu próprio irmão. Paulo permaneceu com Pedro por quinze dias, em Jerusalém, ouvindo sobre o que Jesus havia realizado durante aproximadamente três anos de seu ministério. (Gálatas 1:18.)

Pedro e Paulo conversaram longamente sobre tudo o que Jesus havia feito, bem como sobre seus ensinamentos. Parecia que Paulo estava feliz. Em uma de nossas conversas, Paulo me disse que era muito bom ouvir aquilo diretamente de Pedro, conhecido como Cefas, embora insistisse que tivesse também sido instruído diretamente pelo próprio Jesus. Mesmo que Paulo não tivesse andado com Jesus, orgulhava-se de ter recebido ensinamentos diretamente de seu Mestre. Era também, segundo ele, um apóstolo fora do tempo.

Pedro também confessou sua traição, quando ainda não havia realmente se convertido aos ensinamentos de Jesus, e disse a Paulo:

– Quando estávamos comemorando a Páscoa, Jesus falou a respeito de sua morte. Aquela ceia seria, na verdade, a última, um memorial. De repente, Jesus nos visou: "Esta noite, todos vós escandalizareis comigo, porque está escrito: 'Ferirei o pastor, e as ovelhas do rebanho ficarão dispersas. Mas, depois da minha ressurreição, irei adiante de vós para a

Galileia'." Naquele instante, não entendíamos bem o que Jesus estava dizendo e, num momento de ímpeto, disse-lhe: "Ainda que venhas a ser um tropeço para todos, nunca o serás para mim." Jesus, olhando-me com ternura, replicou-me: "Em verdade vos digo que, nesta mesma noite, antes que o galo cante, tu me negarás três vezes". Fiquei indignado com aquela resposta e, imediatamente, disse a Jesus: "Ainda que me seja necessário morrer contigo, de nenhum modo te negarei", e todos os demais me acompanharam nessa afirmação. (Mateus 26:31-35.)

– E o que aconteceu depois, Cefas?

– Naquela noite, Judas, que havia traído Jesus por 30 moedas de prata, foi ao nosso encontro no Getsêmani, acompanhado por muita gente enviada pelos sacerdotes e anciãos do povo. Quando chegou perto de Jesus, Judas o entregou com um beijo na face. Esse era o sinal combinado. Com esse beijo, apontaria Jesus, fazendo com que os guardas, que não o conheciam pessoalmente, pudessem prendê-lo.

– Deve ter sido horrível. O que vocês fizeram quando tentaram prender Jesus?

– Quando vi que Jesus seria preso, saquei a espada e, por um impulso, com um golpe, cortei a orelha do servo do sumo sacerdote. No entanto, mesmo diante daquela situação, Jesus me repreendeu, dizendo:

> Embainha tua espada, pois todos os que lançam mão da espada à espada perecerão. Acaso, pensas que não posso rogar a meu Pai, e ele me mandaria neste momento mais de doze legiões de anjos? Como, pois, se cumpririam as Escrituras, segundo as quais assim deve suceder? (Mateus 26:53.)

Logo em seguida, Jesus, mesmo sendo preso, preocupou-se em curar a orelha de quem eu havia ferido. No entanto, o pior estava por acontecer.

– O que houve?

Pedro, com lágrimas nos olhos, confessou a Paulo:

– Realmente, tudo aconteceu conforme Jesus havia anunciado. Logo após sua prisão, fugimos, com medo de sermos presos também. Afinal de contas, se haviam prendido nosso Mestre, tratando-o como se fosse um bandido, espancando-o na frente de todos, o que não fariam conosco? Tentei acompanhar tudo escondido. No entanto, algumas pessoas me reconheceram e me perguntaram se eu também era um seguidor de Jesus. Para minha vergonha, disse que não o conhecia. Quando o neguei por três vezes, ouvi o galo cantar e me lembrei de suas palavras. Um desespero profundo tomou conta de mim. Eu havia negado o meu Mestre. Ele mesmo havia dito exatamente o que eu faria naquela noite.

– Não fique assim, Cefas. Fiz muito pior do que você. Embora você tenha negado conhecer Jesus, eu, conscientemente, o persegui. Na verdade, fui um dos seus maiores perseguidores. Quando ele se revelou a mim na estrada para Damasco, tive vontade de morrer. Não conseguia entender o porquê daquele amor por mim. Eu, justamente eu, o pior dos perseguidores. Por que Jesus havia me escolhido?

Nesse momento, Pedro não conteve o riso e disse:

– É assim mesmo, Paulo. As coisas do Senhor são loucura para o mundo. Com certeza, ele viu em você aquilo que as pessoas não conseguiam enxergar.

Ele viu o seu coração. Você era um homem enganado. Agora, Ele havia tirado a venda dos seus olhos, e você podia enxergar tudo com as lentes do coração.

Pedro e Paulo conversaram longamente sobre os milagres que Jesus havia feito: a transformação da água em vinho, as bodas de Caná; a cura de leprosos, coxos, cegos, paralíticos; a expulsão de demônios; a ressurreição de Lázaro; a multiplicação de pães e peixes; enfim, foram muitos os milagres.

ఔఏ ఔఏ

O sumo sacerdote estava furioso com Paulo. Como poderia aquele fariseu deixar tudo de lado para seguir uma seita sem futuro? Paulo não era qualquer um. Era um profundo estudioso das Escrituras Sagradas. Todos do Sinédrio tinham consideração por ele. Visualizavam um futuro promissor para Paulo. Tinha tudo para ser uns dos grandes de nosso povo. A conversão de Paulo preocupava demasiadamente o sumo sacerdote, justamente porque ele conhecia a capacidade, o potencial de Paulo. Era uma perda enorme para nosso povo. Agora, ele era tido como nosso inimigo e teria de morrer.

Em Jerusalém, consegui conversar novamente com Paulo. Queria tentar, mais uma vez, demover meu amigo dessa ideia louca de abandonar nossas crenças para seguir Jesus. Marcamos em um lugar reservado, pois nosso encontro não poderia ser em público, uma vez que a guarda do Templo estava à procura de Paulo, com ordens expressas de trazê-lo vivo ou morto.

Fazia muito frio, o que facilitou nosso encontro, por causa das roupas que usávamos. Encontrei-me com ele na residência de Barnabé e fui logo dizendo:

– Paulo, chega de bobagem. Volte comigo. Prometo levá-lo à presença do sumo sacerdote e, se você se desculpar, tenho certeza de que ele lhe perdoará. Isso será bom para o nosso povo, pois verá que você estava errado quanto a essa seita e se arrependeu.

Paulo, com um sorriso, respondeu:

– Obrigado, meu irmão, pela sua preocupação. Sei que nos amamos como irmãos, mas encontrei alguém que tem um amor infinitamente superior a qualquer outro: Jesus. Ele está vivo e tive um encontro pessoal com ele.

– Pare com isso. Você enlouqueceu. Jesus está morto! Ele foi crucificado na presença de muitos. Um soldado romano confirmou a morte dele enfiando-lhe no lado esquerdo a lâmina de sua lança.

– Você não está entendendo o que eu disse. Todos sabemos que Jesus morreu. A diferença é que, ao terceiro dia, como ele mesmo havia prenunciado, ressuscitou. Baruch, aqueles boatos que escutávamos de que Jesus, depois de ressurreto, havia andado com seus discípulos por quarenta dias era verdadeiro. Ele comia, bebia, conversava e os instruía diariamente. Hoje, sei que isso é a mais pura verdade.

– Irmão, você sabe que tenho de cumprir ordens. Hoje, estou aqui, às ocultas, tentando demovê-lo dessa ideia absurda. Amanhã, se vier a ser preso, posso ser um dos guardas encarregados da sua captura e escolta, e...

– Não se preocupe. Sei a quem sirvo, e o Senhor Jesus tem um plano para minha vida. Tenho de compensar o tempo perdido e falar desse amor que só agora conheci. Nada do que aprendi até hoje se compara ao amor de Jesus. Por isso, meu irmão, tenho certeza de que o Senhor me guardará até o dia em que minha missão tiver sido cumprida. E, quanto a você, peço como um amigo que o ama, fique comigo, permita que eu lhe fale um pouco sobre o plano de salvação. Deus enviou seu único Filho para que todos que nele creem não pereçam, mas tenham a vida eterna.

– Chega, Paulo, chega. Fiz minha parte. Minha consciência está tranquila. Você já foi avisado. Adeus.

– Que a Paz do Senhor Jesus o acompanhe, meu irmão.

೧೪೯೦ ೧೪೯೦

A perseguição contra Paulo havia se tornado muito intensa. Por isso, os seguidores de Jesus o aconselharam a voltar para Tarso, na Cilícia, pois a presença dele em Jerusalém colocava em risco, também, os demais discípulos, uma vez que a Igreja em si não era perseguida, mas tinha paz por toda a Judeia. (Atos 9:31.)

Assim, Paulo voltou para sua cidade natal. Retomou seu comércio de tendas. Agora, no entanto, suas pregações nas regiões da Síria e da Cilícia giravam em torno do Cristo ressurreto. Seus estudos se intensificaram. Os fatos que lhe foram contados por Pedro fervilhavam-lhe na mente e faziam que estudasse, sem parar, as Escrituras, identificando Jesus como o Messias predito pelos profetas. Segundo Paulo, em mais ninguém, além de Jesus, poderiam ser cumpridas as profecias.

A cada nova descoberta, parecia que meu amigo ia explodir de alegria, e dizia a si mesmo: "Meus Deus! Como não pude enxergar! Tudo diz respeito à pessoa de Jesus. As profecias são tão claras. Meus irmãos judeus ainda aguardam a vinda do Messias porque não conseguiram reconhecer, em Jesus, o ungido de Deus. Todos nós esperávamos um Messias guerreiro, libertador, que nos livraria do jugo dos romanos e nos colocaria numa posição social de destaque. Teríamos nosso próprio reino. O trono de Davi seria restabelecido. No entanto, a mensagem de Jesus, a mensagem que consta das Escrituras, diz respeito a outro reino. Um reino celestial, eterno. Vamos viver eternamente com nosso Deus. A morte será derrotada"!

಄ ಄

Alguns anos se passaram, quando Paulo recebeu a visita de Barnabé. Seu coração transbordou de alegria. Embora Paulo continuasse a pregar a Palavra de Deus aos nossos irmãos judeus daquela região, ele queria mais. Barnabé veio convidá-lo para ir com ele para Antioquia, lugar onde, pela primeira vez, os seguidores de Jesus passaram a ser chamados de cristãos. Para eles, era um motivo de grande honra serem reconhecidos dessa forma, pois queriam ser identificados, realmente, como seguidores do Cristo.

Paulo e Barnabé se dirigiram, então, para Antioquia. Formava-se, ali, uma grande amizade, o que, de certa forma, despertava em mim um sentimento de ciúmes. Afinal de contas, havíamos crescido juntos, e o fato de Paulo ter saído de nossa congregação, por mais absurdas que fossem suas ideias, não tinha força suficiente para quebrar nossa amizade. No entanto, Paulo e Barnabé se transformaram não somente em grandes amigos, como em parceiros de pregação do evangelho de Jesus.

Barnabé parecia ser uma pessoa generosa, um homem bom. Na verdade, seu nome era José. Contudo, os apóstolos de Jesus lhe deram o sobrenome Barnabé, que quer dizer *filho da exortação*. (Atos 4:36.)

Capítulo IX

Esses novos seguidores de Jesus começaram a fundar aquilo que denominaram de "Igreja", ou seja, um grupo de pessoas que se reunia para estudar a Palavra de Deus e os ensinamentos deixados por Jesus.

Paulo e Barnabé foram separados para sua primeira viagem missionária, e a missão deles era, justamente, abrir novas igrejas.

Inicialmente, desceram a Selêucia e dali navegaram para Chipre, uma ilha localizada ao leste do Mar Mediterrâneo, que era a terra natal de Barnabé. Quando chegaram a Salamina, começaram a anunciar a Palavra de Deus, nas sinagogas, a nossos irmãos judeus. Nesse tempo, levavam outro discípulo de Jesus, chamado Marcos. Dizem que Marcos estava com Jesus no Getsêmani no dia em que foi preso. No entanto, quando chegaram as pessoas com espadas e porretes, vindo da parte dos principais sacerdotes e anciãos do povo, apavorado com a possibilidade de também ser preso, fugiu dali completamente nu, pois, ao tentarem prendê-lo, arrancaram-lhe o lençol que o cobria. (Cf. Marcos 14:51-52.)

Em Chipre, atravessaram toda a ilha até chegarem a Pafos. Nessa localidade, encontraram Barsejus, um falso profeta judeu, mágico, também conhecido por Elimas, que é a tradução do seu nome. Esse mágico encontrava-se com o procônsul Sérgio Paulo, que havia se interessado em ouvir o que Saulo e Barnabé tinham a dizer. No entanto, Elimas parecia querer confundi-lo.

Paulo, que havia se tornado ardoroso defensor dos ensinamentos de Jesus, não tolerou essa intromissão. Tempo atrás, meu amigo teria resolvido tudo pela força. Contudo, agora, conforme narrou o fato por meio de uma carta que me enviou, fixando nele os olhos, disse:

> Ó filho do diabo, cheio de todo engano e de toda malícia, inimigo de toda a justiça, não cessarás de perverter os retos caminhos do Senhor? Pois, agora, eis aí está sobre ti a mão do Senhor, e ficarás cego, não vendo o sol por algum tempo. (Atos 13:10-11.)

Logo após essas palavras de Paulo, realmente, Elimas ficou cego e procurava quem o guiasse.

Quando li esse relato em sua carta, fiquei pensando: "Como Paulo fez isso? De onde veio esse poder? Que fé era essa que havido tomado conta de meu amigo?"

Parecia, realmente, que essa nova religião de Paulo tinha alguma coisa diferente.

Paulo e Barnabé, saindo de Pafos, dirigiram-se a Perge da Panfília. Marcos, no entanto, não os acompanhou, voltando para Jerusalém. De Perge foram para Antioquia da Psídia, localizada na região da Galácia. Era uma das três maiores cidades do Império Romano, ao lado de Roma e Alexandria, sendo que sua população era de, aproximadamente, meio milhão de habitantes. Era também conhecida como "Antioquia, a bela", por causa das riquezas romanas que a embelezavam.

Como era costume entre os judeus, num sábado, Paulo foi à sinagoga daquela cidade. Logo após a leitura da lei e dos profetas, os chefes da sinagoga perguntaram se teriam alguma palavra de exortação para o povo. Paulo, fez um sinal com as mãos e, aproveitando o profundo conhecimento que tinha sobre a Escrituras, disse:

> Varões israelitas e vós outros que também temeis a Deus, ouvi. O Deus deste povo de Israel escolheu nossos pais e exaltou o povo durante sua peregrinação na terra do Egito, donde os tirou com braço poderoso, e suportou-lhes os maus costumes por cerca de quarenta anos no deserto; e, havendo destruído sete nações na terra de Canaã, deu-lhes essa terra por herança, vencidos cerca de quatrocentos e cinquenta anos. Depois disto, lhes deu juízes, até o profeta Samuel. Então, eles pediram um rei, e Deus lhes deparou Saul, filho de Quis, da tribo de Benjamim, e isto pelo espaço de quarenta anos. E, tendo tirado a este, levantou-lhes o rei Davi, do qual também, dando testemunho, disse: 'Achei Davi, filho de Jessé, homem segundo o meu coração, que fará toda a minha vontade. Da descendência deste, conforme a promessa, trouxe Deus a Israel o Salvador, que é Jesus, havendo João, primeiro, pregado a todo o povo de Israel, antes da manifestação dele, batismo de arrependimento'. Mas, ao completar João a sua carreira, dizia: 'Não sou quem supondes; mas após mim vem aquele de cujos pés não sou digno de desatar as sandálias'.
>
> Irmãos, descendência de Abraão e vós outros os que temeis a Deus, a nós nos foi enviada a palavra desta salvação. Pois os que habitavam em Jerusalém e as suas autoridades, não conhecendo Jesus nem os

ensinos dos profetas que se leem todos os sábados, quando o condenaram, cumpriram as profecias; e embora não achassem nenhuma causa de morte, pediram a Pilatos que ele fosse morto.

Depois de cumprirem tudo o que a respeito dele estava escrito, tirando-o do madeiro, puseram-no em um túmulo. Mas Deus o ressuscitou dentre os mortos; e foi visto muitos dias pelos que, com ele, subiram da Galileia para Jerusalém, os quais são agora as suas testemunhas perante o povo. Nós vos anunciamos o evangelho da promessa feita a nossos pais, como Deus a cumpriu plenamente a nós, seus filhos, ressuscitando a Jesus, como também está escrito no Salmo segundo:

'Tu és meu filho, eu, hoje, te gerei.'

E, que Deus o ressuscitou dentre os mortos para que jamais voltasse à corrupção, desta maneira, o disse:

'E cumprirei a vosso favor as santas e fiéis promessa feitas a Davi.'

Por isso, também diz em outro Salmo:

'Não permitirás que o teu Santo veja corrupção'.

Porque, na verdade, tendo Davi servido à sua própria geração, conforme o desígnio de Deus, adormeceu, foi para junto de seus pais e viu corrupção. Tomai, pois, irmãos, conhecimento de que se vos anuncia a remissão de pecados por intermédio deste; e, por meio dele, todo o que crê é justificado de todas as coisas das quais vós não pudestes ser justificados pela lei de Moisés. Notai, pois, que não vos sobrevenha o que está dito nos profetas:

Vede, ó desprezadores, maravilhai-vos e desvanecei, porque eu realizo, em vossos dias, obra tal que não crereis se alguém vo-la contar. (Atos 13:14-41.)

Se outra pessoa tivesse feito essa exortação, fazendo menção a Jesus como nosso Salvador, eu teria desconsiderado completamente. Mas, agora, Paulo, o meu amigo Paulo, aquele que dedicara sua vida ao estudo e interpretação das Sagradas Escrituras...

Embora eu não gostasse desses cristãos, pois os tinha como traidores do nosso povo, traidores da Lei de Moisés, muitas coisas que Paulo dizia me faziam pensar: "Nunca consegui entender o túmulo vazio de Jesus. A quem interessava o corpo dele? Aos discípulos? Ao sumo sacerdote e aos anciãos do povo? A quem? Se os discípulos tivessem tirado o corpo de Jesus do túmulo, mesmo tendo conseguido, por um milagre, romper o lacre da pedra que o selava, passando, ainda, pela guarda que fora colocada para vigiá-lo, por que teriam coragem de trair seus irmãos judeus, começando a disseminar essa nova religião, se tudo não passasse de uma farsa? Por que Estêvão morreria daquele jeito, suplicando a Deus que nos perdoasse? Se, agora, nossa gente tivesse encontrado o corpo, por que não o apresentaria, acabando com essa história falsa de ressurreição?"

Esses fatos fervilhavam na minha cabeça.

Parece que as palavras de Paulo tiveram repercussão em muitos dos judeus que se encontravam naquela sinagoga. Tanto é verdade que o convidaram para continuar suas exortações no sábado seguinte.

Paulo e Barnabé saíram felizes da sinagoga, sendo procurados por muitos judeus e prosélitos, ou seja, aqueles pagãos que haviam se convertido ao judaísmo.

A lei judaica considera judeu todo aquele cuja mãe é judia ou que se converteu de acordo com essa mesma lei, sendo, então, considerado um *judeu prosélito*. Um judeu nunca deixa de ser judeu, mesmo que se afaste de nossos mandamentos ou preceitos religiosos. No entanto, caso venha a se converter a outra religião, perderá o lugar como membro de nossa comunidade e se transformará num *apóstata*. A tradição determina, ainda, que as famílias fiquem de luto pelo membro que se apostatou da nossa religião, devendo ser considerado como morto.

Por isso, os discursos de Paulo e Barnabé inflamavam, cada vez mais, os membros de nossa comunidade judaica, pois que muitos estavam se apostatando.

Capítulo X

A semana passou rapidamente. Paulo e Barnabé esperavam, ansiosos, a chegada do sábado quando, então, poderiam novamente falar aos judeus daquela congregação.

Parece que a primeira exortação de Paulo havia causado muito impacto, uma vez que no sábado quase toda a cidade veio para ouvi-lo falar sobre a Palavra de Deus. O povo estava ávido por conhecer sobre a vida de Jesus. Os judeus, no entanto, vendo que havia se reunido grande multidão, tomados por um sentimento de inveja, começaram a contradizer Paulo. Houve, assim, grande discussão entre eles. Aquilo que seria mais um dia de exortação e interpretação da Palavra de Deus transformou-se num palco de guerra. De um lado, Paulo e Barnabé; do outro, basicamente, toda a comunidade judaica. Os judeus, enfurecidos, tentavam contestar cada palavra que diziam.

Paulo e Barnabé, então, cansados daquela situação, entendendo que a palavra que traziam não queria ser ouvida pelos judeus, disseram:

> Cumpria que a vós outros, em primeiro lugar, fosse pregada a palavra de Deus; mas, posto que a rejeitais e a vós mesmos vos julgais indignos da vida eterna, eis aí que nos volvemos para os gentios. Por que o Senhor assim no-lo determinou:

Eu te constituí para luz dos gentios, a fim de que sejas para salvação até aos confins da terra. (Atos 13:46-47.)

Fazíamos uma distinção clara entre nosso povo (os judeus) e os gentios. Nós éramos o povo escolhido de Deus, e os gentios eram os demais, ou seja, aqueles que não eram israelitas.

A palavra de Deus não tinha sido dada aos gentios, mas, sim, ao seu povo escolhido. Em nossos lugares santos não podiam entrar gentios. Isso era uma blasfêmia contra nosso Deus. Somente aqueles que haviam feito uma aliança com *Yahweh*, os circuncisos do Senhor, é que podiam gozar suas promessas, e não os gentios.

Por isso é que quando os gentios ouviram essas palavras de Paulo alegraram-se imensamente, pois não lhes era lícito conhecer os mistérios de Deus. A salvação não lhes pertencia, mas, sim, aos judeus. Agora, Paulo tentava modificar tudo. A esperança de vida eterna também lhes era oferecida. Assim, multidões de gentios afluíam para ouvir os ensinamentos de Paulo. Ouviam com alegria no coração, pois nada igual lhes havia sido revelado anteriormente.

Esse comportamento de Paulo fez despertar a ira de nosso povo. O simples fato de ter se transformado em um seguidor de Jesus já era motivo suficiente para ser morto. Agora, então, além de pregar a Palavra de Deus aos gentios, fazia com que muitos do nosso povo se convertessem a essa nova religião, tornando-se apóstatas. O ódio havia sido fermentado. A morte de Paulo já estava anunciada, pois, quanto mais falava, mais afastava nossos irmãos israelitas de nossa religião.

Por causa disso, os judeus instigaram as mulheres piedosas de alta posição, que tinham grande influência na comunidade de Antioquia da Psídia, bem como os principais da cidade, que deram início a uma perseguição implacável contra Paulo e Barnabé, chegando a expulsá-los daquele território.

Paulo e Barnabé, atendendo a um mandamento que havia sido ordenado por Jesus, sacudiram o pó dos pés e partiram para Icônio. Uma vez Paulo havia me contado sobre isso, ou seja, o ato simbólico de sacudir o pó dos pés. Segundo ele, Jesus havia dito o seguinte aos seus discípulos:

> Em qualquer cidade ou povoado em que entrardes, indagai quem neles é digno; e aí ficai até vos retirardes. Ao entrardes na casa, saudai-a; se, com efeito, a casa for digna, venha sobre ela a vossa paz; se, porém, não o for, torne para vós outros a vossa paz. Se alguém não vos receber, nem ouvir as vossas palavras, ao sairdes daquela casa ou daquela cidade, sacudi o pó dos vossos pés. Em verdade vos digo que menos rigor haverá para Sodoma e Gomorra, no dia do Juízo, do que para aquela cidade. (Mateus 10:11-15.)

Chegando a Icônio, num sábado, Paulo e Barnabé dirigiram-se à sinagoga judaica. Tentariam, por mais uma vez, falar aos nossos irmãos. Muitos creram na mensagem de Paulo, tanto judeus quanto gregos. No entanto, os judeus que não criam na pregação de Paulo incitaram os gentios contra ele e Barnabé. Embora isso tenha ocorrido, tal como em Antioquia, ainda permaneceram em Icônio por muito tempo. Fizeram ali muitos sinais e prodígios, o que me deixava ainda mais intrigado com essa nova religião de Paulo. Por que quando, orgulhosamente, se intitulava um fariseu, não havia realizado absolutamente nada? Por que só agora se revelara esse dom em Paulo?

A pregação e as realizações de Paulo e Barnabé fizeram com que o povo da cidade se dividisse. Parte daquela comunidade concordava com os argumentos de nossos irmãos judeus; outra parte defendia fervorosamente Paulo e Barnabé. Parecia que, a partir de agora, meu amigo traria divisão, por onde quer que passasse, por causa da defesa que fazia de Jesus, o Nazareno. A divisão entre aquela cidade foi tamanha que um tumulto enorme foi criado, tendo gentios e judeus se juntado não somente para ultrajar, ofender Paulo e Barnabé, como também para apedrejá-los. Isso fez com que saíssem de Licônio e fugissem para Listra e Derbe, cidades da Liacônia e circunvizinhança.

֍ ֍

Fiquei muito feliz ao receber outra carta de Paulo. Estava, agora, em Listra.

Ao chegarem àquela cidade, encontraram um homem aleijado, paralítico desde o seu nascimento. Paulo, encarando-o nos olhos, percebeu que possuía fé para ser curado e determinou que o homem se aprumasse direito sobre os pés. Nesse exato instante, o homem levantou e começou a andar. Quando o povo de Listra percebeu o que tinha ocorrido, começou a gritar, em língua liacônica, dizendo que os deuses, em forma de homens, haviam aparecido diante deles.

Paulo e Barnabé se desesperaram com essa situação. A Paulo chamavam de "Mercúrio", uma vez que ele era o principal portador da palavra; diziam que Barnabé era "Júpiter". Mercúrio, para os romanos, era o deus encarregado de levar as mensagens de Júpiter, seu pai. O deus Júpiter, dos romanos, era o mesmo deus Zeus, dos gregos.

Na entrada de Listra havia um templo de Júpiter, tendo o seu sacerdote, logo após a cura do paralítico, trazido touros para sacrificá-los junto com as multidões.

Ao perceberem o que estava para acontecer, Paulo e Barnabé, rasgando suas vestes, saltaram para o meio da multidão e, aos prantos, disseram:

> Senhores, por que fazeis isto? Nós também somos homens como vós, sujeitos aos mesmos sentimentos, e vos anunciamos o evangelho para que destas coisas vãs vos convertais ao Deus vivo, que fez o céu, a terra, o mar e tudo o que há neles. (Atos 14:15-17.)

Mesmo depois dessa exortação, não foi fácil evitar que as pessoas deixassem de oferecer os sacrifícios.

Embora Paulo tivesse servido como um instrumento de Deus para operar a cura daquele paralítico, os judeus de Antioquia e de Icônio instigaram as multidões a matá-lo. O ódio que tinham contra ele era insuperável. Talvez, agora, Paulo fosse considerado o pior dos cristãos, aquele que mais desvirtuava nosso povo do caminho do nosso Deus, de nossas tradições e costumes, enfim, de nossa religião. Assim, a multidão enfurecida, insuflada pelas palavras dos judeus, começou a apedrejá-lo.

Ao ler esse fato na carta escrita por meu amigo, comecei a me questionar como o ser humano é volúvel. Instantes atrás, queriam sacrificar em sua homenagem. Acreditavam que ele era um deus. Agora, mesmo depois de terem sido utilizados por Deus para a realização de uma cura milagrosa, essa mesma multidão o odiava, a ponto de apedrejá-lo.

A fúria da multidão era enorme. Ao receber as primeiras pedradas, veio à mente de meu amigo a morte de Estêvão. Parecia que o fato de estar sofrendo o mesmo que Estêvão trazia-lhe certo conforto. Agora, estava ele, bem ali, sendo apedrejado, sentindo a dor de cada pedra cortando-lhe a carne, quebrando-lhe os ossos. O número de pedras arremessado foi enorme. O sangue de Paulo se misturava ao barro do chão. Seu rosto estava irreconhecível. Estava completamente inerte, deitado. Já não sentia mais nada. Havia desmaiado de dor. Por causa disso, foi dado como morto e arrastado para fora da cidade.

Os discípulos de Jesus, olhando aquela cena, sentiram uma profunda dor pelo que estava acontecendo. Parecia que Paulo tinha morrido. Havia feridas enormes, e não se conseguia perceber sua respiração. No entanto, ao se aproximarem de seu corpo, perceberam que ainda estava vivo e o levantaram, com todo o cuidado, carregando-o de volta para cidade, a fim de curar-lhe as feridas.

Paulo devia ter convicção absoluta do que estava fazendo. Não se importava em ser humilhado publicamente, insultado, agredido, apedrejado. Parecia que cada golpe que recebia era como que uma compensação pelo que já tinha feito aos seguidores de Jesus. Isso, realmente, me fazia pensar. Um homem como Paulo, com a inteligência que possuía, não se submeteria, gratuitamente, a esse flagelo público se não tivesse a convicção de quem agora servia. Precisava encontrar-me pessoalmente com meu amigo. Tinha muitas dúvidas sobre esse Jesus a quem Paulo agora servia de corpo, alma e espírito.

No dia seguinte ao apedrejamento, Paulo e Barnabé partiram para Derbe, onde anunciaram o evangelho de Jesus, fazendo muitos novos discípulos. Não se demoraram muito por ali, tendo voltado para Listra, Icônio e Antioquia. Toda vez que Paulo retornava a uma cidade onde havia estabelecido uma Igreja ou feito novos discípulos tinha a preocupação de fortalecê-los na fé em Jesus Cristo. Queria, na verdade, consolidar seus ensinamentos, exortar aqueles que se desviavam dele, fazer novos líderes, multiplicar a congregação. Esse era um dos grandes problemas. A presença dele irritava ainda mais nossos irmãos judeus. Havia se transformado numa pessoa perigosa. Não se satisfazia de convencer as pessoas sobre os ensinamentos de Jesus, mas queria, sempre, reforçar aquilo que havia dito. A chegada dele era sempre tumultuada.

Esse tal Jesus havia, realmente, perturbado meu amigo. Parecia não se importar com aquilo que de mal podia esperar em cada cidade que entrava. Não parava mais de viajar, difundindo a Palavra de Jesus por todos os cantos.

Paulo e Barnabé, atravessando a Psídia, dirigiram-se a Panfília. Pregaram a Palavra de Deus em Perge e dali foram para Atália, regressando a Antioquia, onde permaneceram um bom tempo com seus discípulos. Nessas reuniões, Paulo e Barnabé costumavam relatar-lhes tudo aquilo que tinha acontecido. Era como se fosse uma prestação de contas. Os milagres que eles narravam tinham um poder muito forte sobre os seguidores de Jesus. Isso fazia com que ficassem fortalecidos na fé. Da mesma forma, as novas conversões também os incentivavam.

Realmente, essa nova religião estava crescendo, tornando-se perigosa demais para que pudéssemos suportá-la com paciência. Dentro de mim, alguma coisa me dizia que tinha de passar mais tempo com Paulo. Tudo o que acontecia com meu amigo me fazia refletir.

Capítulo XI

Para minha alegria, recebi a visita de meu amigo em Jerusalém. Abraçamo-nos por um longo tempo. Paulo tinha ido à cidade Santa para participar de uma reunião com outros discípulos de Jesus, que eram chamados de apóstolos. Em Antioquia, havia ocorrido uma grande contenda. Algumas pessoas que tinham descido da Judeia ensinavam na igreja de Antioquia que, se não houvesse a circuncisão dos que haviam se convertido, eles não poderiam ser salvos. Paulo me contou toda a discussão:

— Amigo, você não consegue imaginar a alegria em meu coração em poder vê-lo novamente.

— Paulo, irmão. Quanto tempo! Fico muito feliz quando recebo suas cartas com as notícias dos milagres que Deus tem realizado por seu intermédio.

— Não faço nada por mim. Não tenho capacidade para absolutamente nada. Todos os milagres são feitos por aquele a quem sirvo — Jesus Cristo. Você tem percebido o porquê da minha conversão?

— A única coisa de que tenho certeza, no momento, é que você tem, cada dia mais, despertado a fúria de nossos irmãos judeus. Tenho ouvido algumas conversas no Templo, e o sumo sacerdote não pode escutar seu nome.

— Isso não me importa agora. Minha única preocupação é obedecer ao meu Deus. Agora eu sei a quem sirvo. Um Deus vivo, verdadeiro, que nos ama a todos com um amor indescritível, que torna leve nossos fardos. E é justamente por causa desses fardos que estou em Jerusalém.

– O que ocorreu, meu irmão?

– Algumas pessoas, durante nossa ausência de Antioquia, tentaram convencer a congregação de que somente poderiam ser salvos se fossem circuncidados.

– Mas isso é obvio, Paulo. Não sei o porquê de sua indignação. É nosso costume. Mais do que isso, é a prova de nosso pacto com Deus. Sem a circuncisão, não podemos demonstrar nossa aliança com o Senhor.

– Amigo, durante muito tempo respeitei esse costume. Sou fariseu, e ninguém mais do que eu tinha respeito pelas leis e pelos costumes do nosso povo. No entanto, agora percebi que não é esse tipo de circuncisão carnal que nos traz a salvação, mas, sim, a circuncisão do coração. Nossa aliança com Deus não precisa ser demonstrada na carne, mas no coração. Quantos de nossos irmãos judeus, circuncidados de acordo com nossos costumes, desrespeitam a lei, fazendo exatamente aquilo que ela proíbe! Jesus veio para nos libertar, para quebrar as amarras. A lei existe somente para mostrar nossos pecados, pois todos a descumprimos. Não há nenhum homem sequer, a não ser Jesus, que tenha cumprido fielmente a lei. Por isso, Deus nos deu uma nova lei, a lei do amor, que nos traz liberdade.

– E o que vocês decidiram a esse respeito na reunião em Jerusalém?

– Não sei se já ouviu falar de Pedro.

– Claro que sim. Andava com Jesus e era um dos doze. Inclusive, não se para de falar em Jerusalém sobre sua fuga milagrosa da prisão, depois que o rei Herodes mandou matar outro discípulo chamado Tiago.

– Sim, exatamente. Pedro, durante essa reunião, tomou a palavra e disse:

> Irmãos, vós sabeis que, desde há muito, Deus me escolheu dentre vós para que, por meu intermédio, ouvissem os gentios a palavra do evangelho e cressem. Ora, Deus, que conhece os corações, lhes deu testemunho, concedendo o Espírito Santo a eles, como também a nós nos concedera. E não estabeleceu distinção alguma entre nós e eles, purificando-lhes pela fé o coração. Agora, pois, por que tentais a Deus, pondo sobre a cerviz dos discípulos um jugo que nem nossos pais puderam suportar, nem nós? Mas cremos que fomos salvos pela graça do Senhor Jesus, como também aqueles o foram. (Atos 15:7-11.)

– Isso quer dizer que deixaram de circuncidar seus filhos?

– Não somente isso. Os judeus que querem manter seus costumes poderão fazê-lo, mas não é isso o que importa. Não podem é ser obrigados a fazê-lo como se a salvação dependesse disso. E mais. Como você tem tido conhecimento pelas minhas cartas, na verdade, mais gentios do que judeus têm se convertido, e eles, como nós sabemos, não têm o costume da circuncisão. A circuncisão, para eles, é um ato estranho, difícil de assimilar. Não podemos vincular salvação com circuncisão. Se quiserem fazê-la, o coração deles é livre para isso. Só não podemos obrigá-los.

– Você me deixa confuso, Paulo.

– Tenho percebido também, meu bom amigo, que seu coração já não está tão duro quanto da última vez em que nos encontramos.

– Não acredite tanto nisso.

– He! He! Tenho certeza que sim. Eu o conheço desde o primeiro choro. Conheço seu coração.

– Deixe isso pra lá. Mas o que vocês decidiram ao final, nessa reunião?

– Ficou decidido que somente teríamos de instruir os novos discípulos a não se contaminarem com os ídolos, que, realmente, é uma abominação perante nosso Deus, bem como com as coisas que a eles são sacrificadas, com as relações sexuais ilícitas e com a carne de animais sufocados e do sangue, porque a vida está nele.

– Entendo, entendo. Até quando você ficará em Jerusalém?

– Partiremos amanhã para Antioquia, com dois irmãos queridos, Judas, chamado Barsabás, e Silas, que terão a missão de testificar o ocorrido nessa reunião. Venha conosco!

– Não posso. Se bem que gostaria de conversar um pouco mais com você sobre tudo o que tem acontecido de novo e estranho em sua vida.

– Quero que saiba que terei enorme prazer em lhe contar todas as maravilhas que Jesus tem feito na minha vida. Amo você, meu irmão, e tenho certeza de que, mais cedo ou mais tarde, você também se converterá a Jesus.

– Não tenha tanta certeza assim. Curiosidade não é a mesma coisa que vontade.

– Fique na paz, meu amigo. Deus sabe a hora de todas as coisas.

No dia seguinte, conforme havia combinado, Paulo, Barnabé, Judas e Silas seguiram para Antioquia, levando uma carta que dizia:

> Aos irmãos, tanto os apóstolos como os presbíteros, aos irmãos de entre os gentios em Antioquia, Síria e Cilícia, saudações. Visto sabermos que alguns [que saíram] de entre nós, sem nenhuma autorização, vos têm perturbado com palavras, transtornando a vossa alma, pareceu-nos bem, chegados a pleno acordo, eleger alguns homens e enviá-los a vós outros com os nossos amados Barnabé e Paulo, homens que têm exposto a vida pelo nome de nosso Senhor Jesus Cristo. Enviamos, portanto, Judas e Silas, os quais pessoalmente vos dirão também estas coisas. Pois pareceu bem ao Espírito Santo e a nós não vos impor maior encargo além destas coisas essenciais: que vos abstenhais das coisas sacrificadas a ídolos, bem como do sangue, da carne de animais sufocados e das relações sexuais ilícitas; destas coisas fareis bem se vos guardardes. Saúde. (Atos 15:23-29.)

Capítulo XII

Poucos dias depois de ter retornado a Antioquia, Paulo resolveu visitar as cidades pelas quais havia passado em sua primeira viagem. Assim, convidou seu amigo Barnabé para que, juntos, fizessem a referida viagem.

Barnabé aceitou o convite prontamente. No entanto, queria levar seu primo Marcos com eles. Paulo se opôs a essa sugestão, uma vez que Marcos, da primeira vez, havia desistido no meio da viagem que tinham começado juntos, quando estavam em Perge da Panfília. Segundo Paulo, Marcos não havia suportado como devia os perigos e dissabores da primeira viagem. Portanto, nada o credenciava a iniciar uma segunda viagem.

Barnabé, contudo, tomando as dores de Marcos, não concordou com a decisão de Paulo, surgindo forte desavença entre eles. A discussão ficou tão acirrada que motivou a separação desses dois grandes amigos. Paulo amava Barnabé, mas isso não o fez retroceder quanto ao pedido de levar Marcos com eles nessa viagem. Assim, decidiram que se separariam, sendo que Barnabé levou Marcos consigo para Chipre, sua cidade Natal, tendo Paulo escolhido Silas, aquele que fora enviado pelos apóstolos em Jerusalém para falar à congregação em Antioquia. Dessa forma, Paulo e Silas seguiram juntos para Síria e Cilícia.

No seu trajeto, chegaram a Derbe e a Listra. Em Listra, Paulo encontrou outro discípulo de Jesus chamado Timóteo, filho de uma judia que havia se convertido ao cristianismo. Seu pai, no entanto, era grego. Todos naquela região davam bom testemunho de Timóteo. Muito jovem, Timóteo tinha um coração puro e adorador. Era ávido pelas Escrituras. Assim que o conheceu, percebendo nele um grande potencial para pregar a Palavra de Deus, Paulo quis levá-lo em sua companhia.

Embora não entendesse como obrigatória a circuncisão, Paulo, procurando evitar problemas com os judeus, circuncidou Timóteo.

Nesse tempo, Paulo ainda se correspondia comigo por cartas. Cada dia mais eu ficava impressionado como Deus operava na sua vida. Começava a ter uma ponta de inveja desse meu amigo. Por que Deus não falava assim comigo? Por que não me usava também para fazer milagres? Será que Jesus era, realmente, o Filho de Deus e nós não o havíamos reconhecido? Por que, naquela estrada para Damasco, Jesus teria se revelado a Paulo e não a mim? Como não consegui escutar sua voz? Todos esses questionamentos faziam minha cabeça girar, embora Paulo estivesse quase me convencendo de que Jesus era o Messias.

Algumas coisas ainda eram muito estranhas para mim. Paulo havia dito que tinha em seu coração a intenção de ir pregar a Palavra de Deus na Ásia, mas foi impedido pelo Espírito Santo. O que seria isso? Lembro-me de Paulo dizendo que quando Jesus estava com seus discípulos, após sua ressurreição, havia anunciado que viria o Espírito Santo, o Espírito Consolador. Isso, segundo meu amigo, aconteceu no dia de Pentecostes. O Pentecostes era a festa da colheita, comemorada cinquenta dias depois da Páscoa. Os discípulos de Jesus estavam reunidos no Cenáculo quando, de repente, veio do céu um som, como de um vento impetuoso, e encheu toda a casa onde estavam assentados. Logo em seguida, começaram a falar em línguas estranhas, como de fogo.

Será que esse mesmo Espírito avisava a Paulo o que devia ou não fazer?

Paulo teve uma visão, durante essa viagem, de que deveria ir até Macedônia. Chegaram a Filipos, onde permaneceram por alguns dias. No sábado, em vez de irem à sinagoga, Paulo e os demais saíram da cidade e foram para as margens de um rio, onde encontraram um lugar para ficar orando e discutindo sobre a Palavra de Deus. Naquele lugar, conheceram uma mulher chamada Lídia, da cidade de Tiatira, vendedora de púrpura, temente a Deus, que se interessou pelas coisas que Paulo dizia. Lídia pediu-lhe que a batizasse, bem como a todos de sua casa. Logo após o batismo, insistiu para que Paulo e os demais ficassem em sua casa.

Em Filipos, havia um lugar especial onde Paulo e seus discípulos tinham o hábito de orar. Todos os dias, ao nascer do Sol, reuniam-se para a primeira oração. Na verdade, era um culto de louvor e adoração, realizado em frente ao mar. Num determinado dia, foram surpreendidos com a presença de uma mulher possessa por um espírito demoníaco. Essa mulher fazia adivinhações e, com isso, dava grandes lucros aos seus senhores. O povo de Filipos costumava consultar-se com ela, que lhe predizia o futuro. Ao encontrar-se com Paulo e os demais discípulos, a mulher, possuída, disse em voz alta: "Estes homens são servos do Deus Altíssimo e vos anunciam o caminho da salvação" (Atos 16:17). Esse fato passou a ser uma constante. Quase todos os dias, a mulher ia até o lugar de oração e repetia a mesma frase, até que Paulo, indignado, voltando-se para ela, ordenou: "Em nome de Jesus Cristo, eu te mando, retira-te dela" (Atos 16:19). Nesse instante, a mulher caiu desfalecida. Paulo e os demais a socorreram e perceberam que, ao se recompor, seu rosto parecia ter mudado. Sua figura já não era mais a mesma. O demônio a havia abandonado, e ela perdera a memória. Não sabia o que estava fazendo naquele local.

Paulo a consolou e lhe disse que tinha sido libertada. Enquanto aproveitava para lhe falar sobre o evangelho de Jesus, seus senhores, que a estavam procurando, perceberam que ela não era mais a mesma, que o espírito adivinhador a tinha abandonado por causa das palavras de Paulo. Enfurecidos pelo fato de que não mais lucrariam com essas adivinhações, prenderam Paulo e Silas e os arrastaram para a praça da cidade, levando-os à presença dos pretores, que eram as autoridades naquela localidade. Havia duas espécies de pretores: o *urbano* e o *peregrino*. O pretor urbano cuidava das causas que envolviam os cidadãos romanos *(ius civile)*; o pretor peregrino cuidava das querelas em que se envolviam os estrangeiros *(ius gentium)*. O pretor, normalmente, era escolhido para exercer suas funções durante o período de um ano.[6]

---
[6] Cf. PEDROSA, Ronaldo Leite. *Direito em história*, p. 161-162.

Assim, os acusaram perante os pretores, dizendo que perturbavam a cidade, propagando costumes que não podiam receber nem praticar pelo fato de serem romanos. A multidão, que a tudo assistia, ficou enfurecida, sendo que os pretores, sem ouvi-los, não permitindo qualquer tipo de defesa, rasgaram-lhes as vestes e mandaram açoitá-los com varas.

Logo em seguida aos açoites, foram lançados no cárcere. Os pretores determinaram ao carcereiro que os guardassem com toda segurança, ordenando, ainda, que os levassem para o cárcere interior e lhes prendessem os pés no tronco. O cárcere interior era um lugar que não possuía janelas e nem abertura para o exterior. Havia uma única porta que, quando fechada, impedia a passagem de luz, e mesmo, de ar. Havia ainda, naquele lugar, um mau cheiro que sufocava.

A dor de ser açoitado com varas era insuportável. As varas cortavam-lhes a carne, fazendo com que não se pudesse tocar-lhe a pele. No entanto, parecia que Paulo e Silas não se importavam muito com isso, uma vez que, por volta de meia-noite, começaram a orar e a cantar louvores a Deus. Todos os demais presos que ali se encontravam e que sabiam dos açoites, bem como do lugar onde se encontravam presos, amarrados pelos pés, não conseguiam entender o que se passava e diziam entre si: "Como esses homens, depois de tudo o que sofreram, e do jeito como estão presos, ainda têm forças para orar e para cantar louvores? Parece que nada lhes aconteceu".

Por volta da meia-noite, Deus operou um novo milagre. Sobreveio um terremoto com uma força tão intensa que os alicerces da prisão foram sacudidos, todas as portas foram abertas e as cadeias foram soltas. Os presos, agora, estavam livres e podiam fugir daquele lugar.

O carcereiro, que se encontrava dormindo, despertou com o barulho e, percebendo que todas as portas do cárcere estavam abertas, sacou sua espada a fim de cometer suicídio, pois temia ser punido pela fuga dos presos. Na verdade, seria justiçado, tal como acontecera com as sentinelas que estavam presentes no cárcere quando Pedro conseguiu escapar (cf. Atos 12:19). A pena para esse tipo de negligência era muito severa. A lei romana determinava que, se um prisioneiro conseguisse escapar do cárcere, o sentinela era passível de ser punido como aquele teria sido, podendo até mesmo ser condenado à morte.[7]

Assim, quando apontava a espada para seu próprio corpo, a fim de desferir o golpe mortal, o carcereiro foi interrompido por Paulo, que, gritando, disse-lhe: "Não te faças nenhum mal, que todos estamos aqui" (Atos 16:28). O carcereiro não conseguiu acreditar que, mesmo com todas as portas abertas, aqueles homens preferiram permanecer no cárcere a fugir. O que era isso? Por que ficaram?

Percebendo que a mão de Deus era com eles, o carcereiro, tremendo, prostrou-se diante de Paulo e Silas. Trazendo-os, em seguida, para fora, disse: "Senhor, que devo fazer para que seja salvo?" (Atos 16:30). Eles responderam: "Crê no Senhor Jesus e serás salvo, tu e tua casa". (Atos 16:31.)

---

[7] CHAPLIN, R. N. *O novo testamento interpretado versículo por versículo*, p. 252.

A felicidade do carcereiro foi tamanha que naquela mesma hora os levou para sua própria casa, tendo Paulo e Silas pregado a palavra de Deus a todos os que ali se encontravam. Tiveram, ainda, seus vergões lavados pelo próprio carcereiro, que fazia questão de cuidar deles. Logo em seguida, ele e todos os que estavam em sua casa foram batizados. Comeram juntos, e a felicidade estava estampada no rosto de todos. Nunca tinham ouvido falar desse Deus que, segundo as palavras de Paulo, nos ama incondicionalmente, e perdoa nossos pecados, independentemente da gravidade deles.

Quando li esses fatos na carta que Paulo havia me enviado, confesso que fiquei perplexo. Que poder era esse que acompanhava meu amigo? Cada dia, a certeza da existência de Jesus se tornava mais forte em minha alma. No entanto, sempre ficava aquela ponta de dúvida, principalmente por causa da forma como fomos instruídos desde criança. Mudar, agora, era como se virasse do avesso.

Logo ao amanhecer, os pretores enviaram oficiais de justiça com a ordem para libertarem Paulo e Silas. O carcereiro, com o coração cheio de alegria, veio trazer essa notícia e pediu-lhes que saíssem em paz daquele lugar. No entanto, Paulo replicou:

> Sem ter havido processo formal contra nós, nos açoitaram publicamente e nos recolheram no cárcere, sendo nós cidadãos romanos; querem, agora, às ocultas, lançar-nos fora? Não será assim; pelo contrário, venham eles e, pessoalmente, nos ponham em liberdade. (Atos 16:37.)

Meu amigo estava, agora, valendo-se de sua cidadania romana. Era muito grave o fato de um cidadão romano ser punido sem que tivesse tido oportunidade de se defender formalmente. Essa era uma das principais garantias da cidadania romana. Aquele que deixasse de cumprir esse mandamento seria passível de um castigo muito severo, e os pretores, melhor do que ninguém, sabiam disso. Assim, quando informados pelos oficiais de justiça sobre a cidadania romana de Paulo, tomados por um temor imensurável, foram pessoalmente pedir-lhes desculpas e, relaxando-lhes a prisão, imploraram que se retirassem da cidade.

Paulo e Silas poderiam ter, formalmente, apresentado queixa contra os pretores que, além de perderem o cargo, seriam severamente punidos. Mas isso, na verdade, não lhes interessava. Não queriam retribuir o castigo que receberam, mesmo que, agora, com justiça. Se fosse em outros tempos, meu amigo não abriria mão desse direito. Como fariseu, Paulo era extremamente legalista e levaria até o fim essa demanda. Paulo havia mudado. O perdão, agora, fazia parte da sua vida.

Capítulo XIII

De Filipos, Paulo e Silas dirigiram-se a Tessalônica, onde ficaram hospedados na casa de Jasom. Como era seu costume, Paulo foi até a sinagoga e, durante três sábados consecutivos, arrazoou com nossos irmãos judeus sobre as Escrituras, expondo e demonstrando que, segundo ele, era necessário que o Cristo padecesse e ressurgisse dentre os mortos. Paulo afirmava que o Cristo era Jesus, aquele mesmo que se revelara a ele na estrada para Damasco.

Muitos creram em Paulo, principalmente os gregos. Por mais uma vez, Paulo despertou a ira dos israelitas, que reuniram grande multidão, incluindo malfeitores, para prendê-lo. Argumentavam que eles procediam contra o decreto de César, afirmando que Jesus era outro rei. Partiram, assim, em busca de Paulo e demais seguidores de Jesus. Como não os encontraram, prenderam Jasom, que somente foi solto mediante pagamento de fiança.

Paulo e Silas ficaram sabendo do ocorrido e, durante a noite, dirigiram-se para Bereia. As perseguições passaram a ser uma constante na vida de meu amigo, mas o seu amor em pregar a palavra de Deus era incontrolável. Não se importava mais com os açoites, as humilhações, as prisões, pois, segundo me relatou, havia orado por três vezes para que Jesus retirasse esse espinho na carne, isto é, todas as perseguições que sofria por onde quer que chegasse, tendo Jesus respondido que a sua graça lhe bastava. Seu objetivo, portanto era falar de Jesus por onde quer que passasse. Suas palavras contagiavam a todos e, confesso, a mim também. Meu espírito estava dividido. Podia-se perceber, claramente, que Deus estava com Paulo e seus discípulos. Por onde quer que fossem, aconteciam coisas espantosas. As perseguições faziam com que fosse se deslocando de cidade em cidade, e isso tinha um efeito devastador para os judeus, porque Paulo não cessava de pregar. Assim, suas palavras, cada vez mais, atingiam um número maior de pessoas. A perseguição estava tendo efeito contrário.

Em Bereia, também se dirigiram à sinagoga. Embora, agora, estivessem voltados para a conversão dos gentios, Paulo não deixava de se encontrar com os do nosso povo. Sempre tentava convencê-los da divindade de Jesus e do seu plano de salvação. Enquanto tentava demonstrar que Jesus era o Messias, os judeus de Bereia analisavam o que ele dizia examinando as Escrituras. Foram muitos, ali, os que creram na sua pregação.

Passados alguns dias, os judeus de Tessalônica souberam que Paulo e Silas estavam em Bereia. Assim, por mais uma vez, excitaram e perturbaram o povo, forçando-os a sair daquela cidade, seguindo para Atenas. Silas e Timóteo, entretanto, permaneceram em Bereia ainda por algum tempo.

Paulo, agora, estava na Grécia. De todas as viagens feitas pelo meu querido amigo até aquele momento, esta, com certeza, foi a que mais o perturbara. Paulo não se importava em ser fustigado com varas, ficar preso em troncos de madeira, enfrentar discussões acaloradas. No entanto, algo perturbava profundamente seu espírito – a indiferença.

Antes de os romanos dominarem o mundo, os gregos tinham um império impressionante: suas obras de arte, sua arquitetura, seus pensadores, políticos, filósofos, sua forma de governar; enfim, os gregos tinham do que se orgulhar. Muitos diziam que os romanos tentaram, em vão, copiá-los. A influência grega era tão impressionante que, mesmo depois da queda do seu império e sob o poder do Império Romano, o grego era, ainda, a língua mais falada, a língua comum. Pouco se falava o latim, a língua oficial do Império Romano.

Em Atenas dominava a idolatria. Não há nada mais abominável ao nosso Deus do que a idolatria. Deus, expressamente, havia nos dado este mandamento, por intermédio de Moisés: "Não farás para ti imagem de escultura, nem semelhança alguma do que há em cima nos céus, nem embaixo na terra, nem nas águas debaixo da terra. Não as adorarás nem lhes dará culto".(Êxodo 20:4-5.)

Parecia que os homens tinham uma necessidade demoníaca de adorar imagens. Nossos irmãos judeus sofreram com isso também no deserto, quando Moisés retirou-se, durante quarenta dias, para o monte Sinai para receber a Palavra de Deus. A demora de Moisés em retornar fez com que nosso povo, mesmo depois de ter presenciado e vivido tantos milagres desde sua saída do Egito, fundisse uma imagem de bezerro para adorá-la e lhe oferecer sacrifícios. Que absurdo! Como alguém poderia se prostrar diante de uma imagem, seja de homem ou mesmo de animal, que não ouve, não fala, não sente, deixando de lado um Deus vivo, real, que escuta nossas orações, que nos repreende como um pai?

Paulo enfrentou um dos seus maiores desafios em Atenas. A cidade era dominada por templos pagãos e esculturas de deuses estranhos. O povo daquela cidade havia se acostumado a cultuar essas imagens. Paulo, no entanto, desde que havia chegado, não cessava de pregar, fosse na sinagoga ou mesmo nas praças. Debateu, incessantemente, com filósofos epicureus e estoicos. Pregava, sempre, segundo sua convicção, sobre a ressurreição de Jesus.

Alguns homens resolveram levá-lo ao Areópago para que pudesse expor suas ideias a um número grande de pessoas, uma vez que todos da cidade comentavam sobre as palavras. Diziam que eram as últimas novidades. O Areópago era constituído por um conselho de membros da aristocracia ateniense, incluindo os juízes, sendo cada um deles responsável por uma diferente parcela do governo de Atenas. Ficava localizado numa colina.

Paulo, no meio do Areópago, iniciou seu discurso dizendo:

Senhores atenienses! Em tudo vos vejo acentuadamente religiosos; porque, passando e observando os objetos de vosso culto, encontrei também um altar no qual está inscrito: AO DEUS DESCONHECIDO. Pois esse que adorais sem conhecer é precisamente aquele que eu vos anuncio. O Deus que fez o mundo e tudo o que nele existe, sendo ele Senhor do céu e da terra, não habita em santuários feitos por mãos humanas. Nem é servido por mãos humanas, como se de alguma coisa precisasse; pois ele mesmo é quem a todos dá vida, respiração e tudo mais; de um só fez toda raça humana para habitar sobre toda a face da terra, havendo fixado os tempos previamente estabelecidos e os limites da sua habitação; para buscarem a Deus se, porventura, tateando, o possam achar, bem que não está longe de cada um de nós; pois nele vivemos, e nos movemos, e existimos, como alguns dos vossos poetas têm dito: Porque dele também somos geração. Sendo, pois, geração de Deus, não devemos pensar que a divindade é semelhante ao ouro, à prata ou à pedra, trabalhados pela arte e imaginação do homem. Ora, não levou Deus em conta os tempos da ignorância; agora, porém, notifica os homens que todos, em toda parte, se arrependam; porquanto estabeleceu um dia em que há de julgar o mundo com justiça, por meio de um varão que destinou e acreditou diante de todos, ressuscitando-o dentre os mortos. (Atos 17:22-31.)

Logo após ouvirem falar em ressurreição, começaram a escarnecer de Paulo, fazendo piadas com seu discurso, não o levando a sério. Isso, para ele, era como que um golpe de faca no coração. Preferia, sem qualquer sombra de dúvida, discutir seus posicionamentos, mesmo que fosse tratado com crueldade pelos seus contendores. No entanto, ser ridicularizado ou, o que é pior, ser deixado de lado, com indiferença, isso o feria mais do que qualquer açoite. O espírito de Paulo foi abatida pela tristeza.

Capítulo XIV

De Atenas, Paulo foi para Corinto, uma importante cidade portuária com aproximadamente 200 mil habitantes. Já tinha sido a capital da província romana da Acaia. Ficava a 80 quilômetros de Atenas. Era uma cidade absurdamente imoral, onde imperava a prostituição. Possuía muitos templos pagãos, como o da deusa Afrodite.

Afrodite era a deusa grega do amor, da beleza, da fertilidade e do êxtase sexual. Seus cultos eram chamados de *afrodisíacos*. Suas sacerdotisas eram prostitutas cultuais, que a representavam. As orgias sexuais realizadas no seu templo eram consideradas uma forma de adoração. No templo da deusa Afrodite havia mil prostitutas cultuais.

Em Corinto, Paulo encontrou um casal que tinha sido expulso de Roma por ordem de Cláudio, que, por meio de um decreto, determinou a retirada de todos os judeus. Eram Áquila e Priscila. Coincidentemente, trabalhavam no mesmo ofício, ou seja, fazedores de tendas. Paulo, passou a morar e a trabalhar com Áquila e Priscila.

Como era de seu costume, começou a frequentar, aos sábados, a sinagoga da cidade, oportunidade em que discorria sobre o ministério de Jesus, persuadindo seus ouvintes. Com a chegada de Silas e Timóteo, Paulo deixou o comércio de tendas e passou a se dedicar, integralmente, à pregação da Palavra de Deus. Testemunhava a todos que Jesus era o Cristo, o esperado de Israel.

Por mais uma vez, houve grande confusão entre os judeus. Paulo, como se estivesse tirando um peso das costas, após muito discutir, tentando convencer os israelitas, disse-lhes: "Sobre a vossa cabeça, o vosso sangue! Eu dele estou limpo e, desde agora, vou para os gentios". (Atos 18: 6.)

No entanto, Crispo, o principal daquela sinagoga, creu na Palavra anunciada por Paulo. Não somente ele, mas todos os de sua casa se converteram, passando a integrar a igreja em Corinto.

Muitos, naquela cidade, creram e foram batizados. Entretanto, aquela não era tarefa das mais fáceis, uma vez que o povo de Corinto estava acostumado aos rituais pagãos, que incluíam não somente a adoração de ídolos nos templos, como – o que era pior – a prática da prostituição como forma de adoração, em orgias que eram realizadas com prostitutas cultuais. Em muitas ocasiões, a vontade de desistir de Corinto era grande. O desespero tomava conta de seu coração.

Na primeira carta que recebi de Paulo assim que chegou a Corinto, pude perceber a tristeza em suas palavras. A luta parecia inglória. Os coríntios eram extremamente devassos. A hostilidade contra Paulo era visível em todos os lugares. Ameaças de morte surgiam de toda parte.

Contudo, numa segunda carta, percebi um novo Paulo. Seu ânimo havia sido recobrado. No final dessa carta, consegui entender o porquê dessa mudança. Segundo Paulo, Jesus se revelara a ele em sonho, dizendo: "Não temas; pelo contrário, fala e não te cales; porquanto eu estou contigo, e ninguém ousará fazer-te mal, pois tenho muito povo nesta cidade". (Atos 18: 9.)

Por causa disso, Paulo permaneceu em Corinto por um ano e seis meses, ensinando a Palavra de Deus.

A perseguição, contudo, não cessou. Embora ninguém tivesse conseguido tocar em Paulo, alguns de nosso povo até mesmo o levaram ao tribunal. Gálio, que era o procônsul da Acaia, ouviu a acusação que contra ele se fazia: de que persuadia os homens a adorar a Deus de modo contrário à lei. Quando Paulo ia solicitar seu direito de defesa, fazendo sua contestação, antes de lhe ser dada a palavra, Gálio se manifestou dizendo que não havia ali qualquer injustiça ou crime de maior gravidade que merecesse a atenção daquele tribunal, pois que a questão dizia respeito à religião dos judeus, e determinou que o fato fosse resolvido por eles próprios, dizendo-se incompetente para julgá-lo.

Esse pronunciamento de Gálio desagradou aos judeus de tal forma que, furiosos, agarraram e espancaram Sóstenes, que era o principal da sinagoga de Corinto e responsável por levar a causa a julgamento perante aquele tribunal. Mesmo vendo o que se passava, Gálio não se importou com isso. Na verdade, pouco lhe interessava a discussão sobre a crença dos judeus.

Por mais uma vez, meu amigo havia se livrado das mãos dos judeus. Contudo, ficava pensando até quando isso duraria. Suas investidas lhe custariam muito caro. No fundo, tinha medo de que, algum dia, tivesse de prender meu amigo. Por enquanto, nos correspondíamos às ocultas.

※ ※

Meus companheiros de guarda do Templo, frequentemente, mencionavam o nome de Paulo. Só estavam esperando a ordem do sumo sacerdote para prendê-lo. Todos queriam, na verdade, colocar as mãos nele, que passou a ser visto como um troféu.

Nessas conversas, só me restava ficar calado, ouvindo tudo aquilo que diziam. Alguns, que sabiam da minha antiga amizade com Paulo, gostavam de me questionar e me perguntavam o que eu faria se fosse o escolhido para prendê-lo e escoltá-lo, ou mesmo para açoitá-lo. Minha resposta era sempre a mesma: "Sou um servo de Deus. Se essa for a vontade dele, nada me deterá. Minha amizade com Paulo não é maior do que minha fidelidade a Deus".

Dizia essas palavras com o coração partido. Eu amava meu amigo e sabia que ele também amava a Deus. Nas minhas orações, pedia a Deus que me livrasse desse momento. Não queria ser o carrasco do meu melhor amigo.

A persistência de Paulo em seguir a Jesus me perturbava profundamente. Por quê? Por quê? Se era verdade, por que Deus não se revelava a mim também, assim como se revelou a Paulo?

Muitas vezes, as cenas dos cristãos sendo presos, açoitados e mortos vinham-me à mente. A expressão do rosto deles, mesmo nas piores situações, era diferente. Por mais que sofressem, parecia que estavam tranquilos, que confiavam em algo.

Ai, ai, ai. Quem seria maluco para morrer por uma mentira?

Capítulo XV

Meu coração estava cheio de alegria. Havia marcado com meu grande amigo um encontro na cidade de Éfeso, para onde ele havia partido após deixar Corinto.

Não podia conter minha felicidade. Queria conversar um pouco mais sobre Jesus. Durante muitos anos, Paulo tentou convencer-me da divindade de Jesus. Sempre relutei contra esse fato. Em muitas ocasiões chegamos a nos desentender seriamente. As palavras de Paulo, antes, me irritavam profundamente. Por isso, cada carta que recebia, na qual meu amigo relatava as agressões que sofria, eu entendia perfeitamente o que se passava.

Agora, após muitos anos presenciando, mesmo que de longe, as maravilhas que Deus estava fazendo por intermédio de meu amigo, tinha muitas perguntas a fazer. Paulo era um especialista nas Escrituras e eu, não. No entanto, também tinha certo conhecimento. Não se comparava ao de Paulo, mas eu era também judeu e, mais, um fariseu. Queria que Paulo me mostrasse, na *Torá* e nos livros dos profetas, as passagens que podiam estar relacionadas a Jesus.

À medida que o barco ia se aproximando do porto de Éfeso, sentia um gozo enorme na minha alma. Ao longe, percebi a presença de meu amigo naquele lugar. Estava acompanhado de outras pessoas que eu não conhecia pessoalmente.

Assim que o barco atracou, desci a rampa em direção ao cais. Meu amigo veio em minha direção e, antes que nos abraçássemos, eu disse:

– Paulo, meu irmão, que saudades. Desde que você se converteu, minha vida não tem sido mais a mesma. Até hoje, não consegui encontrar outro amigo verdadeiro. Suas cartas têm me levado a uma reflexão profunda.

Abraçamo-nos e choramos juntos por um longo período. Perdemos a noção do tempo naquele lugar. Quando olhamos para o lado, o porto já estava vazio. Ao nosso lado, somente se encontravam Apolo e Timóteo.

– Baruch, disse, Paulo. Tenho orado ao Senhor Jesus, todos os dias, pela sua conversão.

– Paulo, meu irmão, não estou seguro ainda sobre tudo o que tem relatado sobre Jesus. Por isso, pedi licença ao sumo sacerdote para me ausentar da guarda do Templo por alguns dias. Preciso conversar mais com você não somente sobre Jesus, mas sobre sua segurança. Todos querem sua morte. O sumo sacerdote já enviou mensageiros por todos os lugares. Não existe lugar onde seu nome não seja falado. Querem matá-lo de qualquer jeito. Acham que você é o pior da seita dos nazarenos. Sua vida está correndo sério perigo.

– Sei disso, meu irmão. Embora eu pregue com frequência para os gentios, meu coração ainda não se apartou completamente dos judeus. Continuo frequentando as sinagogas e pregando a Palavra de Deus. Isso os deixa furiosos. Mas não posso deixar de falar a verdade. Você me conhece melhor do que ninguém. Por qual motivo abandonaria nossa religião não fosse o fato de ter encontrado a verdade? Jesus é o caminho, a verdade e a vida. Todas as profecias existentes nas Escrituras que indicavam o Messias se cumpriram nele.

— Sei que seus argumentos são fortes. Até o próprio Gamaliel, ao que parece, está convencido desse fato.

— Que alegria! Amo Gamaliel. Foi ele quem me ensinou a interpretar as Escrituras e a adorar o nosso Deus.

— Ainda não disse nada abertamente sobre Jesus, mas suas ponderações indicam que concorda com seu raciocínio. Gamaliel já está avançado em idade e não quer se indispor diretamente com os sacerdotes e anciãos de nosso povo.

— Não importa. O mais importante é que Gamaliel já tem um coração convertido a Jesus. Mesmo suas moderadas ponderações têm o poder de influenciar os demais. Está com fome?

— Que pergunta, meu amigo. No navio não havia nada o que comer, e eu, na pressa de poder encontrá-lo, esqueci-me de trazer também alguma coisa.

— Ótimo, porque vamos comer um peixe na casa de uns irmãos que são pescadores aqui em Éfeso. Não existe nada igual.

ଔଵ ଔଵ

Durante o almoço, conheci muitos convertidos daquela região. Parecia que todos tinham uma curiosidade muito grande em saber quem eu era.

Os olhos de todos eles destilavam um amor que jamais tinha visto. Mesmo sem me conhecerem anteriormente, conversavam comigo como se eu fosse íntimo, amigo deles de muitos anos.

Na manhã do dia seguinte à minha chegada, comecei a entender e a testemunhar de perto as perseguições contra Paulo. Em Éfeso, havia um ourives, chamado Demétrio, que fazia estatuetas de prata de Diana.

Diana era a deusa romana da Lua e da caça e, segundo conta a lenda, filha de Júpiter e de Latona, e a irmã mais velha de Apolo.

Furioso com os discursos de Paulo, que se opunha à idolatria que existia naquela cidade, Demétrio convocou os demais artífices e, dirigindo-se a eles em praça pública, disse-lhes:

> Senhores, sabeis que deste ofício vem a nossa prosperidade e estais vendo e ouvindo que não só em Éfeso, mas em quase toda Ásia, este Paulo tem persuadido e desencaminhado muita gente, afirmando não serem deuses os que são feitos por mãos humanas. Não somente há o perigo de a nossa profissão cair em descrédito, como também o de o próprio templo da grande deusa, Diana, ser estimado em nada, e ser mesmo destruída a majestade daquela que toda a Ásia e o mundo adoram. (Atos 19:25-27.)

As pessoas de Éfeso, que ouviram o discurso, foram se inflamando e contagiando os demais. Gritavam, sem cessar: "Grande é a Diana dos efésios". Aos poucos, a cidade foi tomada por esse movimento, e a multidão ia se dirigindo ao teatro, oportunidade em que prenderam os macedônios Gaio e Aristarco, companheiros de Paulo.

Ao tomar conhecimento de que seus discípulos haviam sido presos, Paulo, imediatamente, quis intervir, apresentando-se àqueles que comandavam a multidão. No entanto, todos insistimos para que não fizesse isso, porque, certamente, seria morto. Gaio e Aristarco eram somente iscas para a prisão de Paulo, e ele não podia arriscar-se.

Horas mais tarde, o próprio escrivão de Éfeso, percebendo que o tumulto não cessava, dirigindo-se aos líderes daquele movimento, disse:

> Senhores, efésios: quem, porventura, não sabe que a cidade de Éfeso é a guardiã do templo da grande Diana e da imagem que caiu de Júpiter? Ora, não podendo isto ser contraditado, convém que vos mantenhais calmos e nada façais precipitadamente; porque estes homens que aqui trouxestes não são sacrílegos, nem blasfemam contra a nossa deusa. Portanto, se Demétrio e os artífices que o acompanham têm alguma queixa contra alguém, há audiências e procônsules; que se acusem uns aos outros. Mas, se alguma outra coisa pleiteais, será decidida em assembleia regular. Porque também corremos perigo de que, por hoje, sejamos acusados de sedição, não havendo motivo algum que possamos alegar para justificar este ajuntamento. (Atos 19:35-40.)

Logo após essas palavras, a multidão foi se dissolvendo. Paulo, cessado o tumulto, mandou chamar os discípulos e, abraçando-os, despediu-se, dizendo que deveria partir para visitar outras cidades.

Todo esse tumulto nos tirou o tempo livre. Eu tinha de voltar a Jerusalém e não havia perguntado a Paulo tudo o que queria. Teria de ficar para outra oportunidade. No fundo, achei melhor, pois que poderia ser reconhecido ao lado de Paulo, o que me traria enorme constrangimento com o sumo sacerdote, principalmente pelo fato de que estava ao lado daquele de quem mais odiavam e não tinha feito nada para prendê-lo.

Nossa conversa sobre Jesus teria de ser adiada mais uma vez.

Capítulo XVI

Antes de Paulo seguir para Trôade, conversamos muito sobre nossa infância em Tarso, bem como sobre o período que passamos juntos em Jerusalém. Ficávamos rindo, relembrando nossas travessuras e as correções que nos eram aplicadas por nossos pais. Sempre fazíamos tudo em dupla e, consequentemente, as correções também eram dobradas.

Lembro-me de uma ocasião em que deixamos fios pendurados em um dos arcos da cidade. Todas as pessoas que passavam por debaixo deles se sentiam motivadas a puxá-los. No entanto, escondidas por cima dos arcos e presas aos fios estavam as jarras com água. Imediatamente, ao puxar os fios, a jarra de barro virava, derramando todo o seu conteúdo, molhando completamente a pessoa. Só ouvíamos os gritos e os palavrões. As vítimas procuravam os autores daquelas brincadeiras. Nossas risadas sempre nos denunciavam e, consequentemente, nossos pais, que, envergonhados com nosso comportamento, nos corrigiam com varas.

Parece que essas correções a vara fizeram com que Paulo se acostumasse com os açoites que constantemente sofria. Meu amigo começou a relatar suas aventuras praticadas em nome de Jesus e as marcas que trazia no corpo. Na verdade, Paulo parecia gostar daquele sofrimento. Como disse, era como se fosse uma compensação por tudo aquilo que, no passado, havia feito contra os seguidores de Jesus.

൭ඏ ൭ඏ

Em Trôade, Timóteo, Tíquico e Trófimo já estavam à espera de Paulo. Ali permaneceram por uma semana. No domingo, estavam reunidos para celebrar o que denominavam de "ceia do Senhor". Era, na verdade, um memorial e uma determinação que, segundo Paulo, Jesus havia deixado para que todos se lembrassem do seu sacrifício, do alto preço que havia sido pago para a remissão dos pecados. Seus discípulos narravam que no dia em que havia sido preso, durante a ceia da Páscoa, Jesus tomou o pão e o abençoou. Logo em seguida o partiu, dizendo: "Isto é o meu corpo". A seguir, tomou um cálice e, tendo dado graças, o deu aos seus discípulos, para que bebessem. Então, lhes disse: "Isto é o meu sangue, o sangue da [nova] aliança, derramado em favor de muitos". (Marcos 14:24.)

Isso soava um pouco estranho. Como alguém poderia dizer que o pão era o seu corpo e o vinho era o seu sangue? Paulo dizia que Jesus estava prenunciando a própria morte. Na verdade, Jesus havia dado, segundo Paulo, a sua vida para a remissão dos nossos pecados. Não conseguia entender muito bem o significado disso, pois Moisés havia determinado o sacrifício de cordeiros para a remissão de pecados.

No dia seguinte, Paulo fez uma pregação que se prolongou até a meia-noite. No Cenáculo, onde estavam reunidos, havia um jovem chamado Êutico, sentado numa janela. Dado o prolongado discurso de

Paulo, Êutico adormeceu profundamente e, vencido pelo sono, caiu do terceiro andar. Todos foram socorrê-lo e perceberam que já estava morto. Não havia suportado a queda, pois a altura era grande. O pranto tomou conta de todos, que começaram a clamar pelo nome de Jesus. Êutico era um bom jovem, temente a Deus, obediente a seus pais e interessado em conhecer as Escrituras. Tinha tudo para ser um servo fiel.

Nesse momento, por mais uma vez, conheci o poder de Deus por intermédio da vida de Paulo, que se aproximou do jovem e, inclinando-se sobre ele, abraçando-o, disse: "Não vos perturbeis, que a vida está nele" (Atos 20:10). Nesse momento, o jovem se levantou, atordoado com a queda, mas vivo! Todos glorificaram o nome de Deus!

Paulo, imediatamente, voltou ao Cenáculo e retomou sua pregação até o romper da alva. Parecia que estava correndo contra o tempo. Queria que todos tomassem conhecimento, cada vez mais, da Palavra deixada por Jesus. Tinha uma avidez incrível pela pregação do evangelho. Nada, absolutamente nada, o detinha.

Assim, cada vez mais, crescia o ódio dos judeus, haja vista que Paulo tinha o poder de contagiar multidões. Suas palavras eram exatas, precisas. Seu indiscutível conhecimento sobre as Escrituras o tornava capaz de enfrentar, e vencer, qualquer discussão. Para ele, não havia dúvida: Jesus era o Messias. Podiam matá-lo, mas ele não deixaria, jamais, de pregar.

O destino de Paulo, na verdade, era Jerusalém. Seu objetivo era levar as ofertas que, durante um bom tempo, foram sendo recolhidas para entregar à igreja daquela cidade. Eu teria, assim, outra oportunidade de encontrar meu amigo. Deveria ser à escondidas. Ninguém, absolutamente ninguém, poderia saber do nosso encontro, pois, certamente, me acusariam de estar sendo conivente com Paulo. Embora amasse meu amigo, eu tinha planos, principalmente profissionais. Todos elogiavam meu trabalho na guarda do Templo.

Na sua viagem para Jerusalém, Paulo parou em Mileto e solicitou que chamassem alguns discípulos que estavam em Éfeso. Quando se encontraram, Paulo, exalando o amor que tinha por eles, disse:

> Vós bem sabeis como foi que me conduzi entre vós em todo o tempo, desde o primeiro dia em que entrei na Ásia, servindo ao Senhor com toda a humildade, lágrimas e provações que, pelas ciladas dos judeus, me sobrevieram, jamais deixando de vos anunciar coisa alguma proveitosa e de vo-la ensinar publicamente e também de casa em casa, testificando tanto a judeus como a gregos o arrependimento para com Deus e a fé em nosso Senhor Jesus [Cristo]. E, agora, constrangido em meu espírito, vou para Jerusalém, não sabendo o que ali me acontecerá, senão que o Espírito Santo, de cidade em cidade, me assegura que me esperam cadeias e tribulações. Porém em nada considero a vida preciosa para mim mesmo, contanto que complete a minha carreira e o ministério que recebi do Senhor Jesus para testemunhar o evangelho da graça de Deus. Agora, eu sei que todos vós, em cujo meio passei pregando o reino, não vereis mais o meu rosto. Portanto, eu vos protesto, no dia de hoje, que estou limpo do sangue de todos; porque jamais deixei de vos anunciar todo o desígnio de

Deus. Atendei por vós, e por todo o rabanho sobre o qual o Espírito Santo vos constituiu bispos, para pastoreardes a igreja de Deus, a qual ele comprou com o seu próprio sangue. Eu sei que, depois da minha partida, entre vós penetrarão lobos vorazes, que não pouparão o rebanho. E que, dentre vós mesmos, se levantarão homens falando coisas pervertidas para arrastar os discípulos atrás deles. Portanto, vigiai, lembrando-vos de que, por três anos, noite e dia, não cessei de admoestar, com lágrimas, a cada um. Agora, pois, encomendo-vos ao Senhor e à palavra da sua graça, que tem poder para vos edificar e dar herança entre todos os que são santificados. De ninguém cobicei prata, nem ouro, nem vestes; vós mesmos sabeis que estas mãos serviram para o que me era necessário a mime aos que estavam comigo. Tenho-vos mostrado em tudo que, trabalhando assim, é mister socorrer os necessitados e recordar as palavras do próprio Senhor Jesus: Mais bem-aventurado é dar que receber. (Atos 20:18-34.)

Parecia que Paulo estava antevendo o que lhe aconteceria ao pronunciar essas palavras. Seus discípulos o abraçavam e o beijavam afetuosamente. Houve grande pranto. Ninguém queria deixar que partisse. Ninguém queria que nada de mau lhe acontecesse.

Paulo conseguia, como ninguém, transmitir o amor que sentia. Já não era mais aquele Paulo que conheci quando estudava com Gamaliel. Um Paulo legalista, duro, apontador de erros, acusador. Não, agora se tratava de outro Paulo, amoroso, carinhoso, que preferia sofrer o dano a ter de demandar com alguém. Perder para ele, como dizia, era lucro. Numa de suas cartas dirigidas à igreja em Corinto, Paulo pregou sobre o amor, dizendo:

> Ainda que eu fale as línguas dos homens e dos anjos, se não tiver amor, serei com o bronze que soa ou como o címbalo que retine. Ainda que eu tenha o dom de profetizar e conheça todos os mistérios e toda a ciência; ainda que eu tenha tamanha fé, a ponto de transportar montes, se não tiver amor, nada serei. E ainda que eu distribua todos os meus bens entre os pobres e ainda que eu entregue o meu próprio corpo para ser queimado, se não tiver amor, nada disso me aproveitará.
>
> O amor é paciente, é benigno; o amor não arde em ciúmes, não se ufana, não se ensoberbece, não se conduz inconvenientemente, não procura os seus interesses, não se exaspera, não se ressente do mal; não se alegra com a injustiça, mas regozija-se com a verdade; tudo sofre, tudo crê, tudo espera, tudo suporta. (Coríntios 13:1-7.)

E Paulo, com toda certeza, amava a Igreja do seu Senhor Jesus. Se pudesse, abriria a cabeça das pessoas e colocaria lá dentro todos os ensinamentos que havia recebido de seu Mestre. Mas, agora, estavam como que perdendo aquele amigo, aquele que tinha, sempre, uma palavra de conforto nas horas mais apropriadas. Paulo estava se dirigindo a Jerusalém. A Jerusalém, que tanto o amava, que o queria como um de seus filhos preferidos, agora o detestava. Era como um filho rebelde, cujos pais não conseguiam mais dominá-lo, e que necessitava ser corrigido.

Paulo sabia o que o aguardava em Jerusalém. Deus havia até mesmo usado profetas para avisarem-no do que podia esperar naquela cidade, na cidade Santa, na cidade de Davi.

Conforme narrado numa de suas cartas, que havia chegado poucos dias antes do seu retorno a Jerusalém, em Cesareia, um profeta chamado Ágabo, que tinha descido recentemente da Judeia, encontrando-se com Paulo, tomando o seu cinto e ligando com ele os próprios pés e mãos, disse-lhe: "Assim os judeus, em Jerusalém, farão ao dono deste cinto e o entregarão nas mãos dos gentios". (Atos 21:11.)

Todos os que estavam com Paulo ficaram com o coração apertado ao ouvir essas Palavras e suplicaram-lhe que deixasse de lado a ideia de ir a Jerusalém. No entanto, meu amigo, já tendo tomado essa decisão em seu espírito, replicou: "Que fazeis chorando e quebrantando-me o coração? Pois estou pronto não só para ser preso, mas até para morrer em Jerusalém pelo nome do Senhor Jesus". (Atos 21:13.)

Diante dessa resposta, todos se sujeitaram à sua vontade.

Ao terminar de ler essa carta, meu coração batia fortemente. Realmente, os discípulos de Paulo e seguidores de Jesus tinham razão. Aquele não era o melhor momento para Paulo ir a Jerusalém. Tanto no Templo quanto no Sinédrio, todos o tinham como assunto do dia. Não se falava em outra coisa a não ser como tirar a vida de Paulo. Ele era tido como uma apóstata e, pior, um blasfemador, pois, diziam, enganava as pessoas usando o nome de Deus.

Para os principais sacerdotes e anciãos, a sentença de Paulo já estava dada. Teria de ser morto, apedrejado. Deveria servir de exemplo para os demais que pregavam a seita do nazareno.

Aquilo me incomodava tremendamente. Não conseguia ouvir as pessoas falando mal do meu melhor amigo. Eu conhecia Paulo como ninguém e sabia que alguma coisa muito extraordinária tinha acontecido. Como todos podiam deixar de lado os milagres que estavam sendo realizados por meio da vida de Paulo? A última notícia da ressurreição do jovem Êutico deixou todos atônitos. Havia rumores de que Paulo havia inventado essa história de ressurreição, tal com Jesus havia feito com seu amigo Lázaro.

Precisava encontrar Paulo antes de qualquer outra pessoa. Tinha o dever de avisá-lo do perigo que corria. Não queria, no fundo, ser o carrasco dele, isto é, aquele que teria o dever de prendê-lo ou açoitá-lo por ordem do sumo sacerdote, e isso podia acontecer a qualquer momento.

Naquela noite, ajoelhado, pedi a Deus que afastasse meu nome da lembrança dos meus oficiais superiores. Não queria ser usado com instrumento na captura do meu melhor amigo. No entanto, tinha de estar preparado para isso, pois essa era uma das minhas funções.

Capítulo XVII

A igreja fundada em Jerusalém estava passando por muitas dificuldades. A fome assolava a todos. Paulo e outros discípulos recolheram ofertas em muitos lugares. Era o socorro de que precisavam.

Havia uma mistura de sentimentos entre os discípulos de Jesus: alegria por poderem ajudar os demais em Jerusalém e apreensão pelas coisas que poderiam acontecer e que haviam sido profetizadas a Paulo.

Logo que chegou a Jerusalém, meu amigo, secretamente, pediu que me avisassem. Paulo sabia dos riscos que era estar ao lado dele. Por isso, marcou nosso encontro em um local distante, afastado dos olhos das pessoas. Ao encontrá-lo, comecei a chorar de alegria. Paulo, abraçando-me, disse, com mansidão:

– Baruch, Baruch, que saudades, meu irmão! Andou refletindo sobre as coisas sobre as quais tenho relatado em minhas cartas?

– Paulo, amigo, suas palavras têm entrado no meu coração como uma flecha. Agora que está por aqui, teremos tempo para conversar sobre tudo. Não quero me encontrar, como disse Gamaliel, lutando contra Deus. No entanto, você precisa tomar muito cuidado. A notícia da sua vinda já se espalhou por Jerusalém. Todos estão loucos à sua espera. Estão como que cães à procura de carne. Tenho medo, amigo, de que seja enviado, juntamente com os demais, para procurá-lo.

– Não se preocupe, disse Paulo, sorrindo. Seria melhor ser preso por você do que por qualquer outro guarda do Templo.

– Paulo, meu irmão, você não muda, sempre brincando nos momentos mais difíceis. Por favor, conte comigo. Mesmo que seja às escondidas, queria poder servi-lo de alguma forma.

– Não se preocupe, Baruch. O Senhor já cuidou de todas as coisas. Se estou aqui, é por causa da sua Palavra, e ele não me abandonará. Nunca me desamparou, e não seria agora que isso aconteceria. Ainda tenho muito trabalho a fazer.

– Eu sei, eu sei. Só quero que, por favor, tome muito cuidado. Na verdade, todo cuidado é pouco. A cidade inteira está à sua espera. Os do nosso povo, que não o conhecem pessoalmente, querem vê-lo a todo custo. Querem espancar aquele que apostatou e que blasfema contra o nome de Deus.

– Amigo, já estou acostumado com os insultos, os xingamentos, as pedradas, os empurrões. Não ligo mais em ser um objeto de satisfação de curiosidade dos outros, contanto que a Palavra do nosso Deus seja pregada.

– É, você não muda. Tenho de ir agora, senão sentirão minha falta.

– Vai em paz, irmão. Que o Senhor seja com você.

No dia seguinte ao nosso encontro, minhas preocupações se tornaram realidade. Paulo e alguns discípulos estavam no Templo quando, de repente, uma multidão enfurecida partiu na direção dele. Alguns judeus, que haviam chegado da Ásia, insuflaram todo o povo e o agarraram, gritando: "Israelitas, socorro! Este é o homem que por toda parte ensina todos serem contra o povo, contra a lei e contra este lugar; ainda mais, introduziu até gregos no templo e profanou o recinto sagrado". (Atos 21: 28.)

Diziam isso porque tinham, antes, visto Trófimo, o efésio, em sua companhia na cidade e julgavam que Paulo o havia levado ao Templo, quando, na verdade, isso não havia acontecido.

Todos pareciam fora de si e agarraram Paulo com tamanha violência que o arrastaram para fora do Templo, tendo o sumo sacerdote determinado fossem as portas fechadas. Nesse dia, para minha felicidade, não estava de serviço e pude acompanhar de longe toda a movimentação.

Paulo estava sendo violentamente agredido. Parecia que todos ali queriam atingi-lo com socos e pontapés. Era a hora da vingança. Aquele que desvirtuava o povo, fazendo-o converter-se à nova religião chamada "cristianismo", estava agora ali, à disposição deles. Tinham de aproveitar aquela oportunidade para acabar com o inimigo dos judeus. Haviam determinado, fazia muito tempo, que Paulo tinha de morrer.

Estava vendo de longe meu amigo sendo espancado, e não podia fazer nada. Cada soco ou pontapé que ele recebia era como se tivesse me atingindo também. Minha vontade era correr até ali e livrar meu amigo das mãos daquelas pessoas. Contudo sabia que não podia, pelo menos por enquanto.

O tumulto era de tal grandeza que o fato chegou ao conhecimento do comandante da força romana como se fosse um motim dos judeus. A ideia que se tinha era de que os judeus estavam fazendo alguma coisa contra o próprio Império Romano, e não contra uma única pessoa, uma vez que toda a cidade estava alvoroçada.

Quando o comandante e os seus soldados chegaram, os judeus, temerosos com o que lhes podia acontecer, pararam com o espancamento. Paulo estava caído, ensanguentado, com o rosto, mais uma vez, desfigurado e as roupas completamente rasgadas. Foi então que o comandante, acreditando que Paulo fosse um bandido qualquer, mandou prendê-lo, acorrentando-o com duas cadeias. Logo em seguida, tentou saber quem era e o que havia feito, mas não pôde conhecer a verdade, em virtude do tumulto que se havia formado e dos gritos que partiam da multidão. Dessa forma, determinou que Paulo fosse conduzido à fortaleza para que fosse interrogado.

Paulo estava completamente debilitado, sem forças até mesmo para andar. Seu corpo tremia de dor; seus olhos mal podiam ficar abertos. A multidão, enlouquecida, não cessava de pedir a morte dele. Mesmo assim, buscando, no mais íntimo de seu ser, um resto de fôlego, pediu permissão ao comandante para, ainda ali, dirigir-se ao povo que o queria morto. O comandante concedeu a Paulo o direito de se manifestar quando, então, em pé na escada, fez sinal ao povo. Um grande silêncio tomou conta daquele lugar. Todos tinham a atenção voltada para o que Paulo tinha a dizer. Assim, em língua hebraica, disse:

> Eu sou judeu, nasci em Tarso da Cilícia, mas criei-me nesta cidade e aqui fui instruído aos pés de Gamaliel, segundo a exatidão da lei de nossos antepassados, sendo zeloso para com Deus, assim como todos vós o sois no dia de hoje. Persegui este Caminho até à morte, prendendo e metendo em cárceres homens e mulheres, de que são testemunhas o sumo sacerdote e todos os anciãos. Destes, recebi cartas para os irmãos; e ia para Damasco, no propósito de trazer manietados para Jerusalém os que também lá estivessem, para serem punidos.
>
> Ora, aconteceu que, indo de caminho e já perto de Damasco, quase ao meio-dia, repentinamente, grande luz do céu brilhou ao redor de mim. Então, caí por terra, ouvindo uma voz que me dizia: 'Saulo, Saulo, por que me persegues'? Perguntei: 'Quem és tu, Senhor'? Ao que me respondeu: 'Eu sou Jesus, o Nazareno, a quem tu persegues'. Os que estavam comigo viram a luz, sem, contudo, perceberem o sentido da voz de quem falava comigo. Então, perguntei: 'Que farei, Senhor'? E o Senhor me disse: 'Levanta-te, entra em Damasco, pois ali te dirão acerca de tudo o que te é ordenado fazer'. Tendo ficado cego por causa do fulgor daquela luz, guiado pela mão dos que estavam comigo, cheguei a Damasco.
>
> Um homem chamado Ananias, piedoso conforme a lei, tendo bom testemunho de todos os judeus que ali moravam, veio procurar-me e, pondo-se junto a mim, disse: Saulo, irmão, recebe novamente a vista. Nessa mesma hora, recobrei

a vista e olhei para ele. Então, ele disse: 'O Deus de nossos pais, de antemão, te escolheu para conheceres a sua vontade, veres o justo e ouvires uma voz da sua própria boca, porque terás de ser sua testemunha diante de todos os homens, das coisas que tens visto e ouvido. E, agora, por que te demoras? Levanta-te, recebe o batismo e lava os teus pecados, invocando o nome dele'.

Tendo eu voltado para Jerusalém, enquanto orava no templo, sobreveio-me um êxtase, e vi aquele que falava comigo: 'Apressa-te e sai logo de Jerusalém, porque não receberão o teu testemunho a meu respeito'. Eu disse: 'Senhor, eles bem sabem que eu encarcerava em prisão e, nas sinagogas, açoitava os que criam em ti. Quando se derramava o sangue de Estevão, tua testemunha, eu também estava presente, consentia nisso e até guardei as vestes dos que o matavam'. Mas ele me disse: 'Vai, porque eu te enviarei para longe, aos gentios'. (Atos 22:3-21.)

Quando a multidão ouviu Paulo mencionar a palavra *gentios*, começou novamente a clamar pela sua morte. O tumulto havia recomeçado. O comandante, presenciando aquela cena, determinou que Paulo fosse conduzido à fortaleza para que, sob açoite, fosse interrogado, procurando, dessa forma, descobrir o motivo pelo qual todos, efetivamente, exigiam sua morte.

Nesse momento, quando o centurião já o amarrava para levá-lo, Paulo disse-lhe, com autoridade: "Servos-á, porventura, lícito açoitar um cidadão romano, sem estar condenado?" (Atos 22: 25.)

Essas palavra fizeram o centurião tremer, pois ele sabia dos castigos que receberia se violasse a lei romana que garantia inúmeros direitos aos seus cidadãos, dentre os quais o de não ser punido sem que, antes, tivesse sido devidamente julgado, com plenos direitos de defesa.

Imediatamente, o centurião informou ao seu comandante sobre a situação. Tomando ciência diretamente de Paulo a respeito da sua cidadania romana, o comandante também ficou receoso com o que podia lhe acontecer, uma vez que havia determinado que Paulo fosse amarrado.

Tudo precisava ser esclarecido. O comandante não podia manter um cidadão romano na prisão sem que, para tanto, houvesse um devido processo contra ele. Por outro lado, tinha de saber o porquê daquele tumulto, uma vez que sua principal atividade em Jerusalém era manter a paz naquela cidade, tornando-a governável.

Paulo foi libertado no dia seguinte, sendo, contudo, convocado para se apresentar perante os principais sacerdotes e todo o Sinédrio. Era preciso ouvir ambas as partes. Se Paulo tivesse cometido algum crime, deveria ser julgado de acordo com as leis romanas; caso contrário, pensou o comandante, se fosse alguma coisa ligada à sua religião, isso não seria de interesse do Império. Que ficasse livre.

Capítulo XVIII

O ar estava tenso. Todos se encontravam ali, juntos, lado a lado, reunidos novamente. Todo o Sinédrio estava presente para acusar e ouvir a defesa de Paulo. Naquele dia, eu tinha sido escalado para cuidar da segurança dos sacerdotes que ali se encontravam para ouvir Paulo. Era uma grande oportunidade para escutar, pessoalmente, as palavras de meu amigo. Pedia a Deus que tudo corresse bem. Sabia da capacidade de Paulo, por um lado, e da vontade que nossos irmãos judeus tinham, por outro, de acabar-lhe com a vida. Seria um duelo mortal.

Logo no início da sessão, Paulo começou a falar, sendo que Ananias, o sumo sacerdote, determinou aos que estavam perto dele que lhe batessem na boca.

Paulo, fitando-o no fundo dos olhos, disse: "Deus há de ferir-te, parede branqueada! Tu estás aí sentado para julgar-me segundo a lei e, contra lei, mandas agredir-me"? (Atos 23:3.)

Nesse momento, formou-se um grande alvoroço. Aqueles que se encontravam ao lado de Paulo o informaram de que havia se dirigido contra o sumo sacerdote. Paulo, imediatamente, pediu desculpas, pois, conhecendo as Escrituras, sabia da passagem que dizia: "Não falarás mal de uma autoridade do teu povo". (Atos 23:5.)

Meu amigo era um observador nato. Nada lhe passava despercebido. Naquele momento em que se encontrava perante o Sinédrio, reconheceu, imediatamente, que estava dividido entre fariseus e saduceus. Aproveitando-se desse fato, como um verdadeiro estrategista, começou sua defesa dizendo: "Varões, irmãos, eu sou fariseu, filho de fariseus! No tocante à esperança e à ressurreição dos mortos sou julgado"! (Atos 23:6.)

Essas palavras tiveram o poder de tumultuar aquela audiência, uma vez que os saduceus, ao contrário dos fariseus, não acreditavam em ressurreição, em anjos e em espíritos. Começaram, assim, a discutir entre eles. Ninguém mais se entendia. Cada grupo defendia ardorosamente seu ponto de vista. Não havia espaço para concessões. Os fariseus acabaram por assumir a causa de Paulo, dizendo que não haviam vislumbrado mal algum.

A confusão era tamanha que o comandante passou a temer pela vida de Paulo, principalmente porque ele estava ali, atendendo à sua determinação. Era dele, portanto, a responsabilidade pela segurança de Paulo. A cidadania romana de meu amigo estava falando mais alto. Com medo de que algo lhe acontecesse, o comandante ordenou que Paulo fosse levado novamente para a fortaleza, onde estaria seguro das garras dos judeus.

Paulo estava ali, naquela fortaleza romana, em Jerusalém. Não parava de pensar nos fatos que haviam acontecido. Não conseguia entender o coração de seus compatriotas. Ficava pensando nos profetas de

Deus que haviam sido mortos simplesmente porque exortavam o povo. Tudo para ele era muito claro. Seu espírito, no entanto, estava abatido. Quantas vezes tentara pregar a Palavra de Deus a nossos irmãos judeus e fora recebido como um criminoso, um blasfemo, um apóstata. Uma sensação de cansaço havia tomado conta de Paulo. De repente, sentiu que não tinha mais de insistir. Já havia pregado o suficiente.

Consegui visitar meu amigo na fortaleza. Havia feito alguns contatos com guardas romanos, que me facilitaram a entrada. Estava eu ali, no interior da cela, com Paulo. Parecia que nada havia acontecido. Houve uma impressionante mudança de comportamento. Sua vontade de pregar o nome de Jesus era maior do que antes, se é que isso era possível.

Entusiasticamente, Paulo, olhando-me carinhosamente, disse:

– Meu irmão, tive um novo encontro pessoal com Jesus na noite passada. Ele esteve bem aqui, ao meu lado, nesta cela, e disse-me: "Coragem! Pois do modo por que deste testemunho a meu respeito em Jerusalém, assim importa que também o faças em Roma". (Atos 23:11.)

O coração de Paulo estava explodindo de alegria. Euforicamente, disse que Jesus não somente havia se apresentado pessoalmente a ele, como lhe delegara outra missão: pregar o evangelho em Roma. Nada, agora, absolutamente nada, podia deter meu amigo. Havia recobrado as forças após esse encontro com Jesus. Sua cabeça estava voltada para uma nova meta – a cidade de Roma.

Ainda não conseguindo entender bem o que havia se passado, perguntei-lhe:

– Paulo, quando você diz ter tido um encontro com Jesus, isso significa que sonhou com ele, não é isso?

– Não, meu amigo. Embora o Senhor Jesus já tenha, muitas vezes, se revelado a mim por meio de sonhos, ontem ele esteve aqui. Senti sua presença como estou sentindo a sua, ao meu lado.

– Como isso é possível?

– Irmão! Jesus está vivo! Creia nisso, por favor. Conheço seu coração. No fundo, somos iguais.

Não conseguia mais emitir qualquer som. Fiquei completamente mudo, abraçado ao meu amigo. Meus pensamentos estavam longe quando, de repente, escutei a voz do guarda que fazia a vigilância da cela pronunciar meu nome. Já era hora de sair. Meu tempo com Paulo havia se esgotado.

Logo ao amanhecer, mais de quarenta judeus se reuniram e fizeram um juramento, sob pena de serem amaldiçoados, que não comeriam nem beberiam enquanto não matassem Paulo. Estavam tomados por uma ira sem igual. Os olhos deles destilavam ódio. Queriam, a todo custo, a morte de Paulo, mesmo que com isso viessem a sofrer os rigores das leis romanas. Nada importava. A sentença de morte de Paulo já estava selada, fosse isso ou não a vontade do Império Romano. Paulo era tido como traidor do nosso povo.

Como Paulo estava na fortaleza, esses judeus pensaram numa estratégia para executar o plano de morte. Assim, notificariam o comandante, juntamente com o Sinédrio, para que apresentasse Paulo, como se quisessem apurar com mais cuidado os fatos nos quais ele estaria envolvido. No entanto, durante o trajeto, o matariam.

Tudo estava perfeito, não fosse pelo fato de que o filho da irmã de Paulo havia escutado toda a trama. Ele estava do lado de fora da casa onde os judeus haviam feito a reunião. A cada palavra proferida naquela reunião, seu coração batia cada vez mais forte. Parecia que Deus o havia colocado exatamente ali para que servisse como instrumento dele. Seria usado para livrar Paulo da morte.

Esse rapaz, assim, dirigiu-se até a fortaleza e narrou a Paulo tudo o que escutara naquela reunião sobre o plano para matá-lo. Paulo, chamando um dos centuriões, pediu-lhe que levasse o rapaz até o comandante, que tomou conhecimento dos fatos.

Preocupado com a situação de Paulo, principalmente por ser um cidadão romano que se encontrava sob sua custódia, chamou dois centuriões e determinou-lhes que, ainda durante a madrugada, tomasse com ele uma escolta composta por duzentos soldados, setenta de cavalaria e duzentos lanceiros, para irem até Cesareia, para onde Paulo seria transferido.

Assim, Paulo foi encaminhado a Cesareia, ficando detido no pretório de Herodes.

Capítulo XIX

$\mathcal{C}$esareia foi construída por Herodes, o Grande, e tinha uma população aproximada de 125 mil habitantes. O governador daquela região era Marcus Antonius Félix, para quem Paulo havia sido encaminhado pelo comandante Cláudio Lísias.

Por influência de seu irmão Pallas perante o imperador Cláudio, Félix obteve a nomeação para servir em Cesareia como governador, ou seja, procurador da Judeia. Félix era conhecido pela brutalidade com que dirigia seu governo. Além da sua conhecida crueldade, era um homem extremamente corrupto.

Ao chegar a Cesareia, Paulo foi imediatamente apresentado a Félix, que leu a carta que havia sido enviada por Lísias. Sabendo que Paulo era originário da Cilícia, determinou que seria ouvido assim que chegassem seus acusadores.

Cinco dias mais tarde, chegavam a Cesareia o sumo sacerdote Ananias com alguns anciãos do povo, além de um orador, chamado Tértulo, especialmente contratado para proferir a acusação contra Paulo. Tértulo era um profissional experiente e conhecia profundamente a legislação romana. Sabia, como ninguém, comportar-se perante um tribunal daquele nível. Sua eloquência era conhecida por todos. Nossos irmãos judeus, assim, foram preparados para realizar uma acusação perfeita contra Paulo.

Para minha sorte, fui designado para acompanhar o grupo que seguiu para Cesareia. Teria, assim, mais uma oportunidade para estar ao lado de meu amigo, mesmo que não pudesse, naquele momento, ser-lhe útil de alguma forma. Contudo, o fato de estar ali perto de Paulo já me trazia alguma satisfação, principalmente porque meu amigo estaria seguro da fúria dos judeus, tendo em vista a proteção garantida pela sua cidadania romana.

No dia designado para a primeira sessão de julgamento, quando a acusação seria tornada pública, Tértulo, tomando a palavra, dirigindo-se a Félix, fez um discurso primoroso, atacando Paulo com veemência. Sua contundência fazia com que os judeus que o acompanhavam se regozijassem. Dizia, enfaticamente, que Paulo era uma "peste", que promovia sedição entre os judeus que se encontravam espalhados por todas as regiões, sendo ele o principal agitador da seita dos nazarenos. Além disso, afirmava, tentara profanar o templo, oportunidade em que foi preso. Não fosse a intervenção do comandante Lísias, dizia ele, Paulo teria sido julgado de acordo com as leis dos judeus.

Ao final de sua fala, Tértulo havia angariado a simpatia e a aprovação de todos os judeus que se faziam presentes naquele tribunal. Para eles, a vitória era certa. Félix não teria outra opção a não ser condenar Paulo.

No entanto, o processo é feito de partes, e ambas devem ser ouvidas, a fim de que o julgador possa chegar a uma conclusão. E, nesse caso, não foi diferente, principalmente pelo fato de que Paulo havia se valido de seus direitos como cidadão romano.

Logo após o final da acusação proferida por Tértulo, Félix concedeu a palavra a Paulo, que disse:

> Sabendo que há muitos anos é juiz desta nação, sinto-me à vontade para me defender, visto poderes verificar que não há mais de doze dias desde que subi a Jersualém para adorar; e que não me acharam no templo discutindo com alguém, nem tampouco amotinando o povo, fosse nas sinagogas ou na cidade; nem te podem provar as acusações que, agora, fazem contra mim. Porém confesso-te que, segundo o Caminho, a que chamam seita, assim eu sirvo ao Deus de nossos pais, acreditando em todas as coisas que estejam de acordo com a lei e nos escritos dos profetas, tendo esperança em Deus, como também estes a têm, de que haverá ressurreição, tanto de justos como de injustos. Por isso, também me esforço por ter sempre consciência pura diante de Deus e dos homens. Depois de anos, vim trazer esmolas à minha nação e também fazer oferendas, e foi nesta prática que alguns judeus da Ásia me encontraram já purificado no templo, sem ajuntamento e sem tumulto, os quais deviam comparecer diante de ti e acusar, se tivessem alguma coisa contra mim. Ou estes mesmos digam que iniquidade acharam em mim, por ocasião do meu comparecimento perante o Sinédrio, salvo estas palavras que clamei, estando entre eles: hoje, sou eu julgado por vós acerca da ressurreição dos mortos. (Atos 24:10-21.)

Depois de ouvir a defesa de Paulo, Félix suspendeu o julgamento, determinando que se aguardasse a chegada do comandante Lísias. Queria ouvi-lo como testemunha deste caso, uma vez que

Lísias havia presenciado o tumulto ocorrido com a prisão de Paulo em Jerusalém.

Paulo permaneceu detido por ordem de Félix. Essa detenção contrariava as leis romanas, uma vez que não havia qualquer condenação. No entanto, Félix quis inicialmente, com essa prisão, acalmar os ânimos dos judeus, evitando com isso qualquer tipo de rebelião, que colocaria seu cargo em risco. No entanto, embora preso ilegalmente, Paulo foi tratado com indulgência por Félix, que permitia que seus amigos o servissem, cuidando de suas necessidades.

Félix conhecia bem a doutrina pregada por Paulo, e quando chegou sua mulher, Drusila, que era judia, determinou que Paulo fosse novamente ouvido para explicar melhor os motivos de sua fé em Jesus. Durante a pregação de Paulo, notava-se, claramente, o pavor tomando conta de Felix, principalmente quando Paulo discorreu sobre a justiça, o domínio próprio e o juízo divino que, certamente, viria.

Embora tivesse sido tocado pelas palavras de Paulo, Félix continuou a ser o mesmo homem corrupto e inescrupuloso, mantendo-o preso sem que, para tanto, houvesse qualquer condenação. Na verdade, o que Félix pretendia, prolongando a prisão de Paulo, era conseguir algum dinheiro com ele. Suas investidas, contudo, não tiveram sucesso. Paulo jamais pagaria para ser solto. Não entraria nesse jogo de corrupção proposto por aquele governador.

Félix manteve Paulo preso ilegalmente por dois anos, quando foi substituído por Pórcio Festo.

Havia perdido o seu cargo por causa das inúmeras injustiças que havia cometido. Os judeus queixavam-se constantemente de sua brutalidade ao imperador Nero.

Seu último ato, ao que parece, aconteceu mesmo em Cesareia, quando houve um conflito entre judeus e gentios, tendo Félix enviado seus soldados, que acabaram matando inúmeros judeus.[8]

Festo era, agora, o novo governador.

Mesmo passados dois anos, os judeus não haviam se esquecido de Paulo e ainda mantinham os planos para a sua morte. Dessa forma, não perderam tempo em pedir a Festo, que se encontrava em Jerusalém por aqueles dias, que enviasse Paulo novamente para esta cidade, pois queriam armar uma cilada para o matarem na estrada. Festo, no entanto, respondeu-lhe que dali a poucos dias partiria para Cesareia e que eles poderiam, novamente, formalizar sua acusação perante o tribunal, haja vista que, com a saída de Félix, teria de conhecer todos os fatos que motivaram a prisão de Paulo para chegar a um veredicto sobre a questão.

Embora contrariados, os judeus, por mais uma vez, foram ao tribunal em Cesareia e fizeram muitas e graves acusações contra Paulo sem, contudo, que tivessem qualquer prova.

Festo, não querendo se indispor contra os judeus, pois havia assumido o governo daquela província fazia pouco tempo, perguntou se Paulo desejava fazer sua defesa em Jerusalém, tal como solicitado por nossos irmãos israelitas. Paulo respondeu ao novo governador:

---

[8] Cf. CHAPLIN, R. N. *O novo testamento interpretado versículo por versículo*, p. 501.

Estou perante o tribunal de César, onde convém seja eu julgado; nenhum agravo pratiquei contra os judeus, como tu muito bem sabes. Caso, pois, tenha eu praticado algum mal ou crime digno de morte, estou pronto para morrer; se, pelo contrário, não são verdadeiras as coisas de que me acusam, ninguém, para lhes ser agradável, pode entregar-me a eles. Apelo para César. (Atos 25:10-11.)

Paulo era cidadão romano. Não se lhe podia negar o direito de ser julgado por aquele tribunal. Meu amigo sabia que, se fosse a Jerusalém para ser julgado pelo Sinédrio, sua condenação seria certa. Mais do que isso, talvez nem sequer conseguisse chegar até a cidade, pois, com certeza, o matariam antes disso.

Já que haviam prendido Paulo injustamente, o mínimo que se podia exigir era o término do julgamento. Dessa forma, respondeu-lhe Festo: "Para César apelaste, para César irás". (Atos 25:12.)

Com esse apelo, estava se cumprindo o que Paulo havia dito sobre o dia em que tivera seu último encontro pessoal com Jesus, quando estava preso na fortaleza em Jerusalém – que iria para Roma. Agora, esse seria o seu destino.

Capítulo XX

Embora Cesareia ficasse próxima a Jerusalém, a menos de 100 quilômetros, durante esses dois anos não tive contato pessoal com Paulo. No entanto, nos correspondíamos com frequência.

Dias depois de sua defesa perante Festo, o rei Agripa e Berenice chegaram a Cesareia. Como ficariam naquela cidade por alguns dias, Festo explicou-lhes o caso de Paulo, despertando neles a curiosidade de ouvi-lo pessoalmente. Assim, foi marcada nova audiência. Nela compareceram não somente Festo, Agripa e Berenice, como também oficiais superiores e homens eminentes da cidade.

Paulo era o centro das atenções. Todos queriam saber o porquê do ódio que os judeus tinham por ele. Estava ali, perante os grandes do Império Romano, dando mais um testemunho. Como me disse numa de suas cartas, estava se cumprindo aquilo que Deus havia determinado em sua vida.

Por mais uma vez, deu o testemunho de sua conversão e de como havia sido preso injustamente, em Jerusalém, pelos judeus. As palavras de Paulo foram contundentes e pronunciadas com uma convicção inabalável, tanto que Agripa, que a tudo ouvia com atenção, ao final do depoimento, confessou que por pouco não havia sido persuadido a se tornar um cristão.

Todos os que ali se encontravam, incluindo Festo, Agripa e Berenice, concluíram que não havia absolutamente nada que justificasse a prisão ou, como queriam os judeus, a morte de Paulo. No entanto, como tinha apelado a César, deveria ser encaminhado ao tribunal competente em Roma. Dessa forma, não poderia ser solto naquele momento, uma vez que deveria ser encaminhado à presença do imperador.

ಜಿಖ಼ ಜಿಖ಼

Meu amigo, portanto, estava, agora, dirigindo-se à maior cidade do Império. Assim, foi entregue aos cuidados de um centurião chamado Júlio, que era da corte imperial. Embarcaram num navio que estava de partida para costear a Ásia.

Durante a viagem, Paulo e Júlio tornaram-se amigos. Conversavam longamente sobre os milagres realizados por Deus por intermédio da vida de Paulo. Embora fosse considerado um prisioneiro que estava a caminho de um tribunal romano a fim de ser devidamente julgado, Paulo era tratado com humanidade. Não somente sua condição de cidadão romano fazia com que o respeitassem naquela embarcação, como, principalmente, o seu carisma no contato com todos os que ali se encontravam. Ao chegarem à cidade de Mirra, localizada na Lícia, trocaram de embarcação, uma vez que o centurião Júlio havia encontrado um navio de Alexandria que estava de partida para Itália.

Já estavam viajando há muitos dias, e a navegação começou a se tornar perigosa em virtude do tempo.

Ventos contrários faziam com que o navio navegasse vagarosamente. Como estava se aproximando o inverno, Paulo havia sugerido que permanecessem durante toda essa estação em um lugar chamado Bons Portos, pois havia pressentido que, caso insistissem em prosseguir, a viagem seria muito trabalhosa, com danos e prejuízos não somente com relação à carga e ao navio, como também à vida das pessoas.

O centurião, embora gostasse muito de Paulo, não seguiu o seu conselho, dando ouvidos, na verdade, ao piloto e ao mestre do navio, que insistiam em seguir viagem para alcançar a cidade de Fenice, onde passariam o inverno. Pouco tempo depois da partida do navio, um tufão, conhecido como "Euroaquilão", tomou a todos de surpresa. A força do vento arrastava a embarcação com uma fúria assustadora. O pânico tomou conta de todos. Os marinheiros, desesperados, gritavam uns com os outros. Ninguém mais se entendia. Embora as ordens do piloto e do mestre do navio fossem obedecidas, nada se podia fazer para controlar aquela situação. Todos, na verdade, já pensavam que seriam mortos. O navio, certamente, não resistiria. Seu destino, agora, era o fundo do mar.

Toda a carga foi jogada fora para aliviar o navio. Em seguida, lançaram ao mar a armação da embarcação. Nada, no entanto, conseguia fazer com que o controle fosse retomado. Junto com os ventos arrasadores, veio a tempestade. Aquela luta contra o tempo já durava dias. Ninguém conseguia ver a luz do Sol. Estavam cobertos por uma escuridão fúnebre, que anunciava o destino de todos.

Estavam sem comer, e ninguém tinha forças para mais nada. Haviam perdido aquela batalha. O fim já estava próximo. Paulo, no entanto, que havia recebido a visita de um anjo de Deus, pediu à tripulação que se acalmasse, dizendo:

> Esta mesma noite, um anjo de Deus, de quem eu sou e a quem sirvo, esteve comigo, dizendo: 'Paulo, não temas'. É preciso que compareças perante César, e eis que Deus, por sua graça, te deu todos quantos navegam contigo. Portanto, senhores, tende bom ânimo! Pois eu confio em Deus que sucederá do modo por que me foi dito. (Atos 27:23-25.)

Na décima quarta noite, os marinheiros perceberam que se aproximavam de alguma terra. Começaram a entrar em pânico, pois não conseguiam enxergar nada, e temiam que o navio se chocasse contra alguma rocha, matando a todos. Todos começaram a orar incessantemente, pedindo a Deus que rompesse o dia.

Paulo tentava acalmar a situação e dizia:

– Amigos, confiem em Deus. Não temam pela vida de vocês. Não façam nada precipitadamente. Todos serão salvos. Eu sei em quem tenho crido. Se o meu Senhor se revelou a mim dizendo que seríamos salvos, não temos por que desconfiar. Somente creiam e vejam o milagre acontecer. Sejam também testemunhas do Deus vivo!

As palavras de Paulo, no entanto, se perdiam com o barulho ensurdecedor das ondas batendo no casco do navio. Muitos marinheiros tentaram fugir dali, arriando o bote ao mar.

Paulo, percebendo essa situação, disse ao centurião:

– Júlio, meu amigo, confie em Deus. Todos serão salvos. No entanto, devemos obedecer às ordens do Senhor. Não podemos abandonar o navio agora.

– Paulo, na primeira vez, deixei de ouvir suas palavras e confiei na experiência do piloto e do mestre desse navio e veja no que deu. Estamos à deriva, e o navio está prestes a afundar.

De repente, o centurião Júlio interrompeu a conversa que estava tendo com Paulo e gritou:

– Cortem os cabos do bote!

Imediatamente, seus soldados cumpriram sua determinação, e aqueles que queriam abandonar o navio tiveram suas expectativas frustradas, olhando o bote se afastar.

Paulo sorriu para o centurião Júlio e disse que todos estavam sem comer havia muitos dias, por isso precisavam recobrar as forças. Com a concordância de Júlio, pegou um pão, deu Graças a Deus na presença de todos e, depois de o partir, todos o comeram.

Depois daquela modesta, mas fundamental refeição, todos revigoraram os ânimos e passaram a aliviar o navio, lançando algumas cargas ao mar.

O dia demorou a amanhecer. No entanto, juntamente com ele, veio a esperança, pois avistaram uma enseada onde havia uma praia. Embora não reconhecessem aquele local, estavam diante de terra firme. A ideia morte começava a se afastar. Todos ficaram muito eufóricos e pensavam em chegar o mais rápido possível àquele lugar. Por isso, levantaram as âncoras, largaram as amarras do leme, permitindo, assim, que as ondas fizessem o trabalho de encalhar o navio.

Embora todos estivessem aliviados, alguns soldados, lembrando-se de que o navio estava repleto de prisioneiros, com medo de que fugissem ao chegarem a terra firme e, conseqüentemente, serem também punidos, culpados de negligência, foram conversar com o centurião, sugerindo-lhe que matassem a todos. Assim, pelo menos, não sofreriam qualquer punição de Roma. A tarefa deles de não permitir a fuga dos presos havia sido cumprida, mesmo que com isso todos tivessem de ser mortos.

Meu amigo Paulo, no entanto, já havia conquistado a confiança e a simpatia do centurião. Durante a viagem, Paulo havia narrado sua história. Aqueles que o ouviam ficavam impressionados com a atitude dele. Como um judeu importante, culto, capaz, eloqüente, podia ter abandonado todo o seu passado e jogado fora o seu futuro para servir a um morto? Parecia que o centurião estava convencido dos argumentos de Paulo. A amizade que fizeram naquele navio salvara meu amigo da morte prematura.

O centurião rejeitou a proposta dos demais soldados e determinou que aqueles que soubessem nadar pulassem do navio, que já se encontrava encalhado, prestes a afundar, pelo fato de sua popa ter sido aberta pela violência do mar. Os demais, ou seja, aqueles que não sabiam nadar, deveriam se salvar valendo-se das tábuas e destroços do navio que lhes serviriam de bóia.

E, assim, sucedeu como Paulo havia afirmado: todos foram salvos.

Capítulo XXI

Todas essas histórias que Paulo me contava por meio de suas cartas me afetavam profundamente. Aos sábados, estava com meus irmãos judeus na sinagoga, ouvindo a Palavra do nosso Deus. Não sei se por influência de Paulo, mas parecia que Jesus estava nas Escrituras. Sua vida, seus milagres, sua morte, sua ressurreição, enfim, tudo o que diziam parecia referir-se a Jesus. Se era assim, por que nossos irmãos judeus não o reconheciam como Messias?

Confesso que estava confuso. Tinha de conversar mais com Paulo. Embora meu amigo se correspondesse comigo com muita frequência, era diferente ouvi-lo pessoalmente, olhar nos olhos dele, sentir a verdade exalando de seu corpo.

Paulo ficou algum tempo naquele lugar, que depois ficou sabendo tratar-se da ilha de Malta, cuja tradução significa "lugar de refúgio". Três meses depois, partia novamente em direção ao seu destino final: Roma.

Finalmente, Paulo estava na capital do Império Romano. A beleza de Roma era inacreditável. O exército romano fazia desfiles constantes na cidade, numa demonstração de força e organização. Assim que chegou, em virtude de sua qualidade de cidadão romano, bem como pela natureza do processo pelo qual estava preso, foi concedido a Paulo o direito de morar, por sua conta, numa residência particular, em companhia de um soldado, até que fosse efetivamente julgado.

Essa decisão alegrou sobremaneira o coração de meu amigo. Em suas correspondências, Paulo me dizia que Deus havia cumprido sua promessa de levá-lo a Roma. Embora ainda estivesse na condição de preso, Paulo tinha total liberdade para receber a visita de seus amigos e irmãos na fé. As notícias de Paulo, mesmo estando em Roma, chegavam com frequência a Jerusalém.

Dois anos depois de sua chegada a Roma, Paulo foi levado a julgamento.

Nero Cláudio César Augusto Germânico era o imperador. Pertencia a uma das mais importantes famílias romanas. Era filho de Gneu Domício Aenobarbo e de Agripina, conhecida como "a Jovem", neta de César Augusto. Nero havia sido educado e instruído pelo filósofo Sêneca, que ficou sete anos exilado em Córsega, em virtude de sua oposição a Calígula e a Cláudio.

Nero era conhecido pela sua instabilidade de temperamento. Considerava-se um artista e exigia que todos assim o reconhecessem. Em suas constantes festas e banquetes, entoava canções com sua harpa e recitava poemas. Era um homem extremamente promíscuo, dado à prática de orgias. Além de tudo isso, sua crueldade fazia com que todos o temessem profundamente.

Nero havia determinado que Paulo fosse ouvido perante o cônsul de Roma, já que havia, na sua condição de cidadão romano, apelado a César. O cônsul era o magistrado supremo. Perante ele, Paulo teria de exercer o seu direito de defesa.

No dia designado, Paulo estava ali, perante o tribunal romano, pronto para fazer, mais uma vez, sua defesa. Embora tenham demorado para designar a data de seu julgamento, sua audiência foi extremamente rápida. Não havia um acusador formal, como aconteceu em outras ocasiões. O cônsul encarregado do seu julgamento valeu-se tão somente dos escritos anteriores para formar sua convicção. Parecia, segundo Paulo me relatou, um pouco impaciente. Fazia diversas coisas ao mesmo tempo. Não se preocupava em ouvi-lo com atenção.

Desde o começo do julgamento, Paulo teve a sensação de que seria solto. Na verdade, nada tinha feito que merecesse a prisão, principalmente considerando que estava sendo julgado perante um tribunal gentio, segundo as leis de Roma. Nenhum crime havia praticado contra o Império. A sua fé em Jesus Cristo o havia levado àquele lugar.

Embora o cônsul não tivesse dado ouvidos à defesa de Paulo, suas palavras despertaram a curiosidade de muito ouvintes presentes naquele tribunal.

O julgamento não demorou mais do que poucas horas. A sentença foi proferida. Finalmente, Paulo foi absolvido. Estava livre das suas cadeias. Podia, agora, retornar à sua casa, sem a presença de um soldado romano o acompanhando. Durante esses dois anos em que esteve preso, Paulo conseguiu converter muitos soldados que faziam sua vigilância. Ficavam com ele dia e noite, ouvindo suas histórias de milagres.

Ao chegar em casa, uma grande festa estava à sua espera. Seus seguidores haviam-lhe preparado uma surpresa. Todos estavam ali, comemorando sua liberdade. Paulo podia, agora, percorrer as ruas de Roma pregando a Palavra de Deus.

◊◊◊ ◊◊◊

Os seguidores de Jesus estavam crescendo assustadoramente em Roma. Por toda a cidade se ouviam rumores dessa nova seita. No começo, Nero parecia não se importar com eles. Na verdade, desprezava-os, pois achava que era um grupo de ignorantes que acreditava na ressurreição de um morto.

Todos os dias, os cristãos faziam suas reuniões de oração. Escolhiam uma casa diferente e ali congregavam. Costumavam repartir o que tinham. A necessidade de um era a necessidade de todos. Os bens materiais eram o que menos lhes importava. Viviam de forma muito simples, mais preocupados em dar do que em receber algo.

Meu amigo estava eufórico com o crescimento da igreja. Em sua última carta dizia, entusiasticamente, como os romanos estavam se convertendo. Seus argumentos eram irrefutáveis.

Cada carta que recebia, durante todos esses anos, fazia com que minha resistência diminuísse. Os argumentos de Paulo eram impressionantes. Sua própria conversão era motivo de reflexão. Eu não estava diante de uma pessoa qualquer. Paulo tinha tudo; no entanto, agora, vivia perseguido.

Dois argumentos eram os que mais me impressionavam. O primeiro deles era o comportamento dos discípulos de Jesus anteriormente à sua crucificação e depois da sua ressurreição. Quando Jesus foi preso e crucificado, todos se acovardaram. Fugiram. Deixaram que seu Mestre ficasse só, desamparado. Tinham medo de receber o mesmo castigo. Depois da ressurreição, parecia que não temiam mais nada. Muitos foram perseguidos, presos, açoitados e até mortos. Com tudo isso, jamais negaram o amor que tinham por Jesus e afirmavam, com convicção, ser ele o Filho de Deus.

Da mesma forma, o túmulo vazio era incompreensível. A quem interessava esconder o corpo de Jesus? Se ele tivesse sido retirado daquele túmulo pelos seus seguidores, o que seria impossível, em virtude do peso da pedra e da escolta romana que se encontrava à frente do túmulo, seus discípulos não morreriam por uma mentira e nem se alegrariam quando eram espancados por causa do seu nome. Por outro lado, se seu corpo tivesse sido retirado daquele túmulo pelos judeus, estes seriam os primeiros a apresentá-lo quando surgisse a história da ressurreição, desmascarando as pessoas que nela insistiam.

Esses pensamentos me incomodavam. No íntimo, eu também queria saber mais sobre Jesus. Estava ficando convencido de que ele era, realmente, o Messias esperado pelo nosso povo. Porém, ainda tinha medo de confessar esse meu desejo mesmo ao meu melhor amigo.

Capítulo XXII

𝓔ra domingo. O sol não havia ainda mostrado seus raios quando, durante a madrugada, em sonho, Jesus se revelou a mim. Eu não sabia o que fazer e nem o que dizer. No meu sonho, Jesus me abraçava com um carinho inigualável. Seu abraço me fez trazer à memória todas as minhas perseguições. A cada palavra que conseguia sair da minha boca trêmula, Jesus, com tranquilidade, dizia: "Filho, eu te perdoo, filho, eu te perdoo... O preço já foi pago".

Não tenho ideia de quanto tempo durante aquele sonho fiquei confessando meus pecados. Jesus, pacientemente, me ouvia e claramente me dizia que eles estavam perdoados. As lágrimas não paravam de correr pelo meu rosto. Jesus também tinha se revelado a mim.

Naquele dia mesmo, resolvi que iria para Roma. A partir daquele instante, eu seria um cristão. Queria saber mais sobre Jesus Cristo, e ninguém melhor do que Paulo para me ensinar. O entusiasmo havia tomado conta de mim. Logo pela manhã, caminhei em direção ao Templo. Já não podia mais pertencer àquela guarda. Assim que cheguei, fui conversar com o comandante. Sem muitas explicações, disse-lhe que estava me afastando definitivamente. Essa notícia o surpreendeu, pois minha promoção era iminente. Na verdade, todos diziam que eu seria o próximo comandante, tamanha minha dedicação e conhecimento.

Por mais que o comandante tentasse me convencer, meus pensamentos estavam voltados para Roma. Queria chegar o quanto antes para conversar com meu amigo. Tinha certeza de que Paulo explodiria de alegria com a notícia. Foram muitos anos tentando convencer-me sobre a divindade de Jesus. Agora, as escamas espirituais tinham-me caído dos olhos, assim como aconteceu com meu amigo. Deus havia se revelado a mim, e eu não perderia esta oportunidade de servi-lo. Agora, pertencia a outro exército, o exército de Jesus.

Consegui embarcar no primeiro navio que encontrei. A viagem seria longa. No entanto, precisava daquele tempo. Tinha de rever meus conceitos, repensar meus dogmas, refletir sobre o meu passado e, principalmente, sobre tudo aquilo que me reservava o futuro. Sabia que, tal como meu amigo, seria perseguido por causa do nome de Jesus. Mas, por estranho que isso pudesse parecer, sentia um gozo no meu coração ao saber que todas as perseguições seriam nada, comparadas ao amor que havia conhecido. Nunca ninguém havia olhado para mim daquele jeito. Mesmo que em sonho, consegui sentir o amor de Jesus.

Passados muitos dias, cheguei a Roma. Não seria difícil encontrar a casa de meu amigo que, àquelas alturas, já havia se tornado muito conhecido naquela cidade. No entanto, um clima hostil pairava sobre aquele lugar. A fumaça havia tomado conta do ar. Roma, uma das cidades mais lindas do mundo, estava destruída. O fogo a havia consumido. Não conseguia entender o que havia acontecido.

Como cheguei à noite, preferi procurar uma hospedaria antes de ir para a casa de Paulo. Queria fazer-lhe uma surpresa, dizendo que havia tido um encontro com Jesus. Agora, eu era também um cristão. Queria saber todos os detalhes, ser batizado, pregar o evangelho, enfim, agora eu pertencia a Jesus e compreendia a motivação de Paulo.

Ao chegar à hospedaria, percebi que a conversa de algumas pessoas girava em torno do incêndio que havia ocorrido em Roma. Nunca se tinha visto um incêndio de tamanha proporção. Ao que parece, o incêndio teria começado no núcleo comercial da cidade, ao redor do Circo Máximo. O fogo foi se propagando rapidamente pelas áreas mais povoadas da cidade e prolongou-se por seis dias. A devastação foi imensa. Dois terços da cidade haviam sido destruídos.

Dois homens, que se mostravam mais exaltados dos que os demais, diziam:

– Temos de acabar com esses cristãos. Os membros dessa nova seita são extremamente perigosos.

– Você tem razão. Colocaram fogo na cidade! O que eles estão pretendendo? Assumir o Império?

– Nero tinha razão. Temos de matar todos eles. Não podemos deixar escapar nenhum.

– Muitos já estão presos e serão mortos em breve.

– O chefe deles, chamado Paulo de Tarso, será julgado amanhã.

Não conseguia acreditar no que estava ouvindo. Paulo estava preso novamente! Mas por quê?

Sem deixar transparecer muito interesse, cheguei mais próximo daqueles homens e perguntei:

– Por que esses cristãos estão sendo presos?

– Você não sabe que foram eles que atearam fogo na nossa cidade? Roma foi destruída pelos cristãos.

– Como vocês podem afirmar isso?

– Nosso imperador, Nero, veio a público e nos deu a notícia. Já está tudo provado. Foram esses cristãos que começaram o incêndio na cidade.

– Você havia mencionado um homem chamado Paulo...

– Sim, esse é o pior deles. É o líder. Mas Nero foi rápido e Paulo não conseguiu escapar. Ele e muitos outros cristãos já estão presos e, certamente, serão condenados à morte. Amanhã Paulo será julgado. Como um homem desses pode ter a cidadania romana? Se não fosse por isso, já teria sido morto.

Tinha de descobrir um jeito de conversar com Paulo. Mas como? Se fosse em Jerusalém, poderia usar meus contatos, mesmo com os guardas romanos. Mas aqui em Roma... No entanto, amanhã, bem cedo, darei início às buscas. Certamente as pessoas saberão informar o local das prisões. Deve haver algum meio de entrar em contato com Paulo, principalmente pelo fato de ser um cidadão romano. Ele deve ter o direito de se comunicar enquanto aguarda sua decisão.

ೞೞ ೞೞ

Passei a noite em claro. Não conseguia dormir. Meus pensamentos estavam voltados para o meu melhor amigo. No entanto, alguma coisa dentro de mim me dizia: "Ore, ore, ore, ore...". Nesse instante, mesmo sem saber muito o que estava fazendo, comecei a clamar pelo nome de Jesus. Orava, incessantemente, pedindo uma orientação do Senhor. Agora eu era um convertido e estava sofrendo com a notícia das prisões e mortes que já estavam acontecendo.

Nesse momento, só conseguia me lembrar das aventuras de Paulo. Do seu prazer em contar os milagres que Jesus havia feito por seu intermédio. Da mesma forma, mostrava com orgulho as marcas que trazia no corpo por causa do nome de Jesus. Agora eu começava a entender aquele prazer. Os cristãos sabiam que, morrendo, se encontrariam com nosso Senhor, e isso era motivo de júbilo.

Cada um de nós teria uma carreira a cumprir, e o tempo do fim não nos competia saber. Somente Deus podia determinar quando nos encontraríamos pessoalmente com ele. Contudo, enquanto estivermos neste mundo, temos de falar do seu amor e da vinda do seu reino, que está mais próximo do que pensamos.

Capítulo XXIII

Antes de o Sol nascer, já estava nas ruas de Roma, procurando pelo local onde Paulo se encontrava preso. Na verdade, não foi difícil de encontrar, pois, basicamente, todos os cristãos estavam presos em um mesmo lugar. Muitos já haviam sido crucificados.

Como ainda trazia comigo as credenciais da guarda do Templo, tentei conversar com os soldados que faziam a vigilância do cárcere. Pedi para que tivesse um momento a sós com Paulo. No entanto, tudo foi em vão. Paulo estava incomunicável, pelo menos até a hora do seu julgamento, que aconteceria poucas horas mais tarde.

Não tendo outra opção, resolvi esperar do lado de fora do prédio, na esperança de poder encontrar meu amigo quando fosse conduzido ao tribunal. Por volta das 10 horas da manhã, percebi uma movimentação intensa da cavalaria romana. Havia um centurião que estava no comando. Ele gritava com todos que estavam ao seu redor. Dava ordens incessantes.

De repente, ao longe, consegui enxergar meu amigo acorrentado a outros presos. Todos caminhavam em fila, em direção a uma carroça, que servia de cela móvel. Paulo foi colocado dentro dessa cela, juntamente com mais dez ou doze pessoas. Todos ficavam espremidos. Parecia que estavam transportando animais.

Quando a carroça saiu do interior do prédio, comecei a gritar pelo nome de Paulo. Entretanto, o barulho da multidão que havia se formado em frente ao prédio, aguardando a saída dos presos, era ensurdecedor. Gritavam, pedindo a morte de todos. Diziam que eles eram traidores, inimigos de Roma. Muitas pessoas choravam, dizendo que os cristãos haviam queimado suas casas. Queriam que eles sofressem ao máximo.

Corri desesperadamente atrás da carroça. O tribunal não ficava distante do local onde Paulo aguardava seu julgamento. Consegui, ainda, ver quando os presos foram retirados e, em fila, acorrentados, caminharam com dificuldade para o interior do tribunal.

A sessão era pública, e o prédio já estava completamente lotado. Todos queriam assistir aos julgamentos. Com muito esforço, consegui entrar no prédio e me coloquei numa posição privilegiada, de onde conseguia ouvir o que se passava naquele plenário.

Paulo foi o primeiro a ser chamado. Estava ali, mais uma vez, diante de uma autoridade romana. O cônsul, encarregado do seu processo, iniciou o interrogatório perguntando-lhe, inicialmente, o nome e, depois, sobre sua condição de cidadão romano. Logo em seguida, começou a inquiri-lo sobre as acusações que recaiam sobre ele:

– Tem conhecimento de que houve um incêndio criminoso em Roma?

– Tenho conhecimento, Excelência, de que houve um incêndio. Só não posso afirmar que foi criminoso.

– Não sabe que a acusação desse incêndio pesa sobre os cristãos? O que tem a dizer sobre isso?

– Ao contrário do que afirmam nossos acusadores, servimos a um Deus que não prega esse tipo de violência. Jamais faríamos alguma coisa que contrariasse o coração do nosso Senhor.

– Sobre que deus está falando? Temos tantos aqui em Roma...

– Estou falando de um Deus Único, verdadeiro. Estou falando de Jesus Cristo.

– Esse tal Jesus não foi aquele condenado por sedição e morto por Pilatos?

– Excelência, Jesus foi morto, mas ao terceiro dia ressuscitou.

– Que bobagem é essa de ressurreição? Vocês cristãos são todos loucos! Foi essa loucura que os levou a incendiar Roma?

– Não, Excelência, não somos loucos. Servimos a um Deus vivo que, no final dos tempos, exercerá o seu juízo. Jesus veio para nos libertar, para nos trazer a paz.

– Então é isso! Vocês querem se libertar de Roma. Estão tramando uma conspiração contra o Império. Querem assumir o poder.

– O nosso reino, Excelência, não é aqui. A nossa pátria é celestial.

– Não me venha com maluquices. Responda, objetivamente: foram vocês que atearam fogo em Roma?

– Não, Excelência. Jamais faríamos isso. Não foi esse o ensinamento que recebemos de nosso Senhor Jesus.

– Muito bem, Paulo, ouviremos as testemunhas. Seu interrogatório está encerrado.

Assim que terminou o interrogatório, Paulo foi colocado em um banco lateral. Em virtude de sua posição, não pude me comunicar com ele. Meu amigo não sabia que eu estava ali, assistindo a tudo.

Foram ouvidas três testemunhas, que disseram ter visto alguns cristãos com tochas acesas nas mãos. Disseram, também, que presenciaram cristãos arremessando-as em vários prédios, dando início, assim, ao catastrófico incêndio.

Ficou muito claro que as testemunhas estavam mentindo. Embora Nero tenha feito um discurso público dizendo que os cristãos eram os causadores do incêndio, muitas pessoas na cidade afirmavam que ele próprio teria sido o autor desse crime. Ele queria destruir a cidade, principalmente a parte antiga, para poder reconstruí-la totalmente. Queria construir uma cidade monumental e, no auge da sua loucura, determinou o incêndio. Alguns diziam que Nero assistia a tudo dedilhando sua harpa, como se estivesse num palco iluminado pelo fogo.

O julgamento de Paulo foi rápido. Em poucas horas, o cônsul declarava o resultado: culpado. A pena para esse tipo de crime contra o Estado era a morte. Como Paulo era um cidadão romano, não seria crucificado como os demais, mas, sim, decapitado.

Logo após a leitura da sentença e a declaração do veredicto determinando a pena capital, meu coração se encheu de profunda tristeza. Afinal de contas, eu estava ali, assistindo àquela injustiça com o meu melhor amigo. Paulo era incapaz de cometer qualquer ato de maldade. Jesus havia, realmente, mudado seu caráter. Ele fora *virado do avesso*. Não era mais aquele Paulo que conheci desde criança. Vingança era uma palavra que não existia em seu vocabulário. Em tudo, preferia sofrer o dano. Nunca faria nada de mal a alguém. Se fosse o antigo Paulo, um fariseu radical, impiedoso, que não se importava em pisar nas pessoas para fazer prevalecer seus pensamentos, não duvidaria da possibilidade de ter iniciado o incêndio. Nossos irmãos zelotes viviam se rebelando contra Roma. Sempre pensavam em fazer alguma coisa para desestabilizar o império ao qual estavam submetidos, mediante o emprego da força.

Agora, eu estava diante de outro Paulo. Aquele que, por causa do seu encontro com Jesus Cristo, só pregava o amor, a igualdade entre as pessoas. Jamais as mulheres receberam um tratamento tão digno quanto o que era determinado por Paulo. Ele, ao contrário de todos do nosso povo, não via diferença entre homens e mulheres. Eram todos filhos do mesmo Deus, que amava a todos igualmente.

Paulo odiava o pecado, mas amava o pecador. Havia compreendido as lições de Jesus como ninguém. Era, realmente, outro homem. O evangelho de Cristo o havia transformado integralmente. Nele não havia espaço para murmurações, rancores, ódios. Com toda certeza, fora condenado injustamente.

Durante aquele julgamento, olhando para a figura de meu amigo ali, aguardando seu destino, pude perceber um leve sorriso estampado no rosto. Parecia que já sabia do resultado, e não se importava com ele.

Assim que foi encerrada a sessão de julgamento, Paulo foi retirado da sala e conduzido novamente ao lugar onde se encontrava preso. Por mais uma vez, não tive oportunidade de falar com ele. Tentei, em vão, gritar o nome de meu amigo, pois a multidão que se havia formado estava gritando, delirando com a condenação dele. Muitos, infelizmente, tinham sido convencidos de que os cristãos eram os criminosos incendiários, e a morte de todos eles agradava aos romanos.

Paulo foi colocado na carroça que servia de cela móvel e conduzido ao cárcere. Sua execução havia sido determinada para aquele mesmo dia.

Capítulo XXIV

Por volta das 3 horas da tarde, Paulo foi novamente retirado do cárcere. Seria, agora, conduzido ao seu destino final: o patíbulo.

O carrasco já estava à espera dele.

Agora, ao contrário do que ocorrera, Paulo estava sozinho no interior daquela carroça. Seus braços e pernas estavam acorrentados. O condutor chicoteou os animais com brutalidade. Aqueles estampidos pareciam prenunciar o que aconteceria ao meu amigo.

Paulo estava, agora, indo em direção ao seu algoz. Seria decapitado.

Tentei acompanhar a carroça, mas não consegui. No entanto, como a cidade estava tumultuada e com muitos destroços por causa do fogo, não demorei a chegar ao lugar da execução. Os cavalos não tinham liberdade para correr, embora ainda fossem muitos mais ligeiros do que eu.

Assim que cheguei, procurei o chefe da guarda e perguntei por Paulo. Disse-lhe que pertencia à guarda do Templo, em Jerusalém, o que me facilitou o pedido de visitar meu amigo antes de sua execução.

Como cidadão romano, Paulo podia, antes de ser executado, receber algumas visitas. Quando cheguei à cela, já havia outros irmãos com ele. Todos estavam abraçados, orando, agradecendo a Deus por tudo o que ele havia realizado na vida de cada um.

Quando Paulo percebeu minha presença, abriu os braços com um sorriso largo no rosto. Imediatamente, as lágrimas começaram a correr pelas minhas faces. Foi quando, então, meu amigo me disse:

– Que felicidade vê-lo aqui, meu querido amigo!

– Paulo, Paulo. O Senhor Jesus se revelou a mim também. Eu agora sou um cristão, seu irmão na fé.

O rosto de meu amigo, mesmo diante daquela situação, sabendo do castigo que lhe seria imposto, brilhava como a luz do Sol. Radiante, disse-me:

– Tinha certeza de que isso iria acontecer, meu irmão. Durante todos esses anos, pedi a Deus que se revelasse a você também. Hoje, vejo a resposta das minhas orações. Você é o presente que Deus me dá no último momento de minha vida.

– Paulo, tinha tantas coisas para lhe perguntar. Foram tantos anos de resistência, ódio, rancor...

– Pare, amigo. Não faça o mesmo que fiz comigo. Jesus já pagou o preço. Na verdade, foi Jesus quem o escolheu, e não você a ele. Ele viu em você um vaso precioso. Um guerreiro para sua obra. Nada do que fez importa agora. Sua missão está apenas começando, enquanto a minha já está no fim. Combati o bom combate, completei a carreira, mantive a fé. Vou me encontrar com o meu Senhor. Existe um banquete preparado no céu para minha chegada; meu galardão está reservado.

Nesse momento, fomos interrompidos por uma escolta de dois soldados romanos. Pediram que nos afastássemos. A hora já havia chegado. Fizemos um último pedido. Seria mais um tempo de oração. Ajoelhamo-nos e impusemos as mãos sobre Paulo. Agradecemos ao nosso Deus por nos ter escolhido para a missão de pregar o evangelho e entregamos Paulo em suas mãos.

Naquele momento, choramos agarrados uns aos outros. Era um misto de tristeza e alegria. Tristeza, porque perderíamos, por enquanto, a companhia de nosso querido irmão; alegria, porque sabíamos o destino de Paulo: a pátria celestial. Jesus o aguardava.

O importante é que sabíamos, agora, nosso destino. As incertezas haviam acabado. Jesus é uma realidade, e não um mito; o Único Deus; o Único Caminho; a Única Verdade. Jesus é a Vida. Tudo foi feito por meio dele. Nós somos obra de suas mãos.

Levantamo-nos. O silêncio tomou conta do lugar. Não havia mais palavras a dizer.

Os soldados pediram a Paulo que os acompanhasse. Ficamos olhando nosso irmão ser conduzido a uma sala que ficava no fundo de um corredor escuro, sombrio. Na porta, antes de entrar, ele olhou para trás e nos presenteou com um último sorriso.

Era o fim da vida de um homem que fora *virado do avesso* pelo poder do Espírito Santo de Deus. Seu testemunho, no entanto, ainda estava vivo, presente, convertendo pessoas.

ෆ෫ඏ ෆ෫ඏ

Escutamos, ao longe, o barulho do machado. Aquele som seco não seria capaz de calar o evangelho de Jesus Cristo. O campo já estava devidamente semeado, as árvores crescendo e os frutos já sendo colhidos.

Eu era, agora, um desses frutos, para honra e glória do meu Deus.

Tal como aconteceu comigo e com Paulo, Jesus também poderá virar sua vida do avesso. Basta você querer. Ele não violenta nossa consciência. Na verdade, quando Jesus aparece na vida de uma pessoa, isso ocorre porque ela própria, no mais íntimo da sua alma, deseja esse encontro. A vida sem Jesus não faz sentido. De nada nos adiantam as riquezas, o poder e tantas outras coisas que o mundo oferece se não tivermos a Jesus. Ele é o mais importante de tudo. Ele deu a vida por mim e por você.

Se quiser ter esse encontro verdadeiro com Jesus, entregue-se a ele, de corpo e alma, faça esta oração e diga, se concordar com ela, um amém bem forte:

Senhor Jesus, eu não te vejo, mas creio que tu és o Filho de Deus, que morreu por mim naquele madeiro para remissão dos meus pecados. Reconheço que tu és o único e suficiente Salvador da minha alma. Escreve meu nome no livro da vida e me dá a salvação eterna. Amém.

Maranata.

REFERÊNCIAS

BÍBLIA DE ESTUDOS GENEBRA. São Paulo: Cultura Cristã, 1999.

BRUCE, F.F. *Paulo, o apóstolo da graça:* sua vida, cartas e teologia. São Paulo: Shedd Publicações, 2007.

CHAPLIN, R. N. *O novo testamento interpretado versículo por versículo.* São Paulo: Hagnos, 2002.

DAVIS, C. Truman. *A crucificação de Cristo, a partir de um ponto de vista médico.* Disponível em: www.hermeneutica.com.

MCDOWELL, Josh. *As evidências da ressurreição de Cristo.* 3. ed. São Paulo: Candeia, 1994.

PEDROSA, Ronaldo Leite. *Direito em história.* Nova Friburgo: Imagem Virtual, 2002.

Rua Alexandre Moura, 51 – Parte
24210-200 – Gragoatá – Niterói – RJ